魔豆

SEA VOICE 古董店

卷一 尋人啟事

林綠Woodsgreen 著

SEA VOICE 古董店

卷一

目錄

黃昏市場，主婦必爭之地。

這一年來，肉販菜伯魚嬸都注意到，有個名校的高中男生，每週總會在固定日子，穿著制服、踩著皮鞋、提著貓咪圖樣的麻布菜籃大量採購，而且眼光不輸三十年持家經驗的媽媽們，總能挑出最新鮮的材料。還有，付帳的布錢包縫著兩片小巧的貓耳朵，讓市場小販們很難不印象深刻。

「同學，幫你媽媽買菜嗎？住哪裡？」魚販大嬸秤好斤兩，終於鼓起勇氣搭訕從來沒說過半句話的熟客。

少年搖了搖清秀的撲克臉，右手接過肥美的鱈魚，左手往左手邊比去，如此停格五秒。

誰？誰來翻譯一下？大嬸和少年睜眼對看半分鐘，他才緩緩用毫無高低起伏的語調補充一句。

「一間店，賣古董的，又好像不是。」聲音好聽、口齒清晰，可惜世上沒幾個人聽得懂他說話的斷句方式。

「喔、喔！」大嬸決定像少年的好友一樣先假裝了解再說。「同學，啊你臉上怎麼一塊瘀青？」

就是擔心這個木訥的孩子是不是被欺負，魚販大嬸才會忍不住關心他。

少年輕輕眨了眨眼睛，讓中年婦女不好意思了一下下。

「被老闆脫光光踢到。」他用正經八百又有點恍惚的樣子說道。

「什麼？」眾店家好像聽到奇怪的字眼。

在場沒有誰能夠理解即使身手再非凡，也會在半夜蓋被子的時候，冷不防遭到裸睡還睡姿奇差的雇主施以暴力。

這時，市場上響起不平靜的雜音，幾個橫豎看都像是混混的人馬，光天化日向攤販們討保護費，大嬸大叔們趕緊催促小朋友快走。

「小弟弟，來買菜啊？好乖喲！」無奈那身白襯衫制服實在太明顯，幾個人高馬大的不良分子，步步逼近手無寸鐵的賢良好學生。

好學生低眸看了手錶，快到店長宰殺他的時間了，沒有理會混混。直到人家拎起他的衣領，他才冷眼回望專挑弱小欺凌的敗類。

「看三小……哇噗！」帶頭的地痞遭到重擊，應聲倒地，再起不能。

少年收回右腿，表情始終平靜無波。即便九聯十八幫各龍頭老大也會礙於他背後「那個人」向少年微笑問好，就是有人想不開去阻擋邪惡大魔王的晚餐時間。

少年在攤販肅然起敬的目光下，俐落地跨上銀白色的自行車，踏上歸途。

「有間古董店，一半是黑貨，警察不敢查～」

這首流傳於政商名流、人人聞之變色的歌謠，其店長變態程度和不符性別的美貌皆是前無古人後無來者，而只有身為古董店店員的少年，才敢在晚風中輕聲哼著。

一、尋人啟事

住宅區和商店街的交界，混合著小型公寓和日常的小店面，如同其他這座城市裡無數相同不起眼的小地方。唯有一點，讓這裡的阿桑們茶餘飯後拿來抱怨——他們社區的入口，是三條路的交叉點。

照風水師的說法，那塊三角店面沖了雙重路煞，十幾年來，不知情的生意人還以爲是塊寶地，可以攔住往來的客源，但事實證明一年倒三家，在此開業的商家都不長久。

凡事皆有例外，一年多前，新的裝潢工人又來了，好事的居民們便開始打賭是要開便利超商還是快餐便當？三個月？半年？能否破最快收攤記錄？然而，莊家大獲全勝。

典雅的絨布窗簾妝點著美麗的玻璃櫥窗，只能從簾間瞥見店內一小部分，澄瑩的水晶櫃陳列著舊時代的精品；到了晚上，鵝黃色的燈光淡淡地灑在人行道上，增添迷濛的美感。

雖然店面十分冷清，但是對街的陳媽媽堅稱出門倒垃圾時，曾看見西裝筆挺的年輕男人進門光顧，但她埋伏許久，男人沒有離開，反倒出現長髮及腰的超級大美女，工讀生還叫她「老闆」。

這個強而有力的證詞震驚全社區婆婆媽媽，一時八卦四起，對於那位美艷絕倫店長的真實身分，從高官包養的情婦（推測有院長級以上）、黑社會大哥的女人到南洋島國的公主都有。

只要那家神祕的店一天不關門，它就會持續是這個小社區飯後嗑瓜子的八卦對象。

銅鈴清響，透明雕花的琉璃門板轉進三十度角，一名在悶熱四月天仍穿著兩件式西裝的男士，邁步走入店面。

男士停在入口，環視水晶櫃內收藏的每樣珍寶及屋中所有擺設，似乎了解這些易碎品的價值，不動聲色地提了口氣。

身爲客人的他站了好一會，期間足夠讓宵小搬走店中所有財產，卻沒人來招呼他，自詡紳士修養的他才開口劃破沉靜。

「請問，有人在嗎？」

「哼。」

男士聞聲望去，適才沒注意到昏暗的角落有人蓋著西裝趴在明式核桃木桌打瞌睡，這是家教嚴謹的他想像不來。

那人抬起頭，隨手抹了抹口水，將披散的長髮挽向胸前，露出那張比螢光幕女星還要美艷的臉孔，一雙霧黑的鳳眼尤其勾魂。

「文文，出來招呼客人。」

櫃台邊的出入口，珠簾掀起，走出十六、七歲的少年。他穿著近似西餐廳的服務生制服，黑色緞帶整齊束在上翻的白色領口，雖然五官清秀，但面無表情，連一眼都沒分給眼前上流社會的男士，逕自死板地行了禮。

男士一直等著少年給他回應，不料少年店員只是盯著他身後的地板，一字半句也懶得理他。

男士臉色一僵，險些被店員無禮的態度害得忘了此行的目的。

「不好意思，請問這裡有沒有人認識『延世相』？」

「不好意思，這不在我的工作範圍。」店員制式地回覆，然後轉身回去做他本來的正職。

男士終於撐不住表面工夫，喊了句奧客的台詞：「叫你們店長出來！」

少年停下腳步，側頭看向櫃台，無視人家暗示的手勢，多此一話說道：「老闆，有人找。」

養了個笨蛋自知無力回天，長髮大美人深嘆口氣，不得已親上火線。

「你好喔，敗類，請問有什麼需要爲你服務？比如去死一死之類的。」店長口齒清晰地發出一連串羞辱人的字句。

「你就是連海聲？」男士謹愼確認著，比起資料，本人實在太漂亮了，不像眞實存在的人物。

資料顯示，這人是國內近五年竄起的紅牌律師，擔任多家企業顧問，沒有他打不贏的商業官司；清楚所有政商大老不堪的祕密，是鬼神一般的傳奇人物。男士所代表的政界第一世家大族「林家」，好幾次想探聽他的虛實，卻苦無機會，只得親身來到他自娛經營的小店。

「你誰啊？睜大眼睛看看，我們這邊賣老東西的，尋人去找徵信社，要滾要走隨便你！」

連海聲雖然人如其名，聲音好聽極了，口氣卻很惡劣。這家店最主要的服務對象是店長本人，客人一點也不重要。

「很抱歉，忘了自我介紹，我是林和堂。」男士隱約顯現出怒意，從來沒人敢這樣羞辱他。

「哇靠，原來是林家來的，我好怕呢！」對方報出大名，店長只是發出不屑地哼笑，順便朝服務生搖搖空瓷杯。「文文，我快渴死了，去泡茶。」

「延世相生前喜愛收藏古董，而他遺留下來的珍品悉數在你店裡，麻煩你配合我們的調查。」

「你一進門就延那什麼延，以爲我跟他很熟嗎？」

林和堂不爲連海聲玩笑似的口吻所動，不是他生性死板，而是店長口中的名字不是能帶笑談論的對象，林家是以破釜沉舟的心情前來尋人。

「不管你熟悉與否，我們都要找出延世相。」

「見鬼了，關我屁事。」連海聲捂著雪白的額頭，再次叫住小服務生，命令他去應付難纏的客人。「我們店裡貨品往來都記在他那顆腦子裡，問他吧？」

林和堂掏出人物照片。少年透過毫無近視、散光、色弱的視力，清楚辨識「失蹤人口」的模樣。那是個三十多歲的英俊男人，正在爲背景女子挑婚紗，身形高挑修長。照片後簡短寫了三句話：延世相、一八二公分、右眼爲藻藍色。

「文文，那個男的，有沒有印象？」店長頭也不抬，掃視自己的指甲，漫不經心地問了沒反應的店員。

「沒有。」店員回應，「老闆，可以叫他去死了嗎？」

「沒大沒小！」連海聲轉向看向林家代表，搧了搧兩扇嫵媚的眼睫。「哎呀，這位客人，你可以去死了嗎？」

林和堂手一勾，幾名荷槍的員警破門而入，琉璃門板碎了一地，持槍對準店長和未成年店員。

連海聲聲音一沉：「你是什麼意思？」

「想必連先生知道，五年前禮堂爆炸案未破，你持有被害人……或是主嫌的器物，嫌疑重大。」

「然後呢？」

林和堂冷冷道：「給你一個月時間，找出我們要的人，林家就撤銷對你的指控，否則的話……」

少年猛地向前，持刀架住林和堂的脖子，警方不敢妄動。

「放下槍，不然割斷你喉嚨。」店員絕不容許有槍口對著店長大人。

連海聲仰天長嘆，那笨蛋竟然在眾目睽睽下做出犯罪事實，這要他事後怎麼銷案？

「文文，過來老闆這裡。」

「可是老闆，他們是大壞蛋！」店員少年氣呼呼指向人民保母，被特權階級叫來的警方也很無奈。

連海聲只得過去把少年拖回身邊打，但他絕不會向驚魂未定的林家白痴代表道歉。

「林家要用強的，我這個勢單力薄的小民也只能概括承受，用我超凡睿智的頭腦把那個應該已經在五年前燒成灰的傢伙拖回來給你們鞭屍。」連海聲毫不畏懼，朝林和堂優雅一勾手。「文文，送客。」

小店員瞪大橄欖圓的雙目，殺氣騰騰地逼退來客，直到他們的車尾燈遠離街頭才回頭。

而店員回來卻看見店長戴著帽子，拖著行李箱準備好要逃難的樣子，一改適才囂張的態度，說要把名下所有資產都留給名叫「吳以文」非親非故的笨蛋小雜工，已經訂好半夜的班機。

吳以文壓下行李箱，打死不讓。連海聲睨著美目、伸出長指，彈了店員的笨腦袋。

「延世相那案子一夕死了五十個人，還是有職位的官員，黑道打手、公權力幫凶，社會一片噤聲。你老闆生來只有仇家沒有靠山，你說我能怎麼辦？」

吳以文用力咬字說道：「我會想辦法，老闆不要走。」

難得看他家只對小毛球有興趣的店員這麼積極，連海聲腦筋轉了轉，故作無奈地嘆口氣。

「好吧，這個月就讓你去努力。不成，我也養了你五年，咱們就一刀兩斷。」

吳以文用力點頭：「成了，老闆答應我一件事。」

「你這小子從誰身上學會揩油的？」連海聲雙手攬胸，吳以文眼也不瞬注視著他。

「好好好，加油吧笨蛋。」

就是店長這聲「好」，以古董店爲中心，展開了歷時一月、轟轟烈烈的尋人啓事。

二、好哥們與關係人

市立一等高級中學，顧名思義，是全市中學男生第一志願。一等中校史悠久，「林家」為初始創校的投資者，大多適齡的林家子弟都會選擇在此完成高中學業。許多政商名流也是一等中的著名校友，包括五年前死於爆炸案、不能提起名字的那個人。

外地人多會誤以為一等中是和尚學校（市立二中才是），不過它的男女比自從市立女中連年搶走學校綜合成績排行的霸主地位就居高不下，一度達到四比一，一等中女學生還向校方請願男女分班，因為男同學拖累她們的水準。

這個請願活動流傳到別校，不知怎麼地，慢慢演變成「一中無帥哥」傳說，讓一等中男性同胞群情悲憤，一中女生卻深以為然。二中至少每屆都有幾個聯誼花瓶……更正，是花美男。據女中公關回報，去年二中新生雖然錄取成績暴低，但臉蛋水準非常之高，傳聞當今小天王歌手林洛平本尊就在二中就讀；附中和其他名校離得比較遠，自成一區文藝的小圈圈；國中頗負盛名的狐狸王子則流落到海中去。

人家學校都有端得上檯面的招牌美少年，反觀一等中，什麼好菜都沒有。好在這個憾恨在去年一年級新生入學得以終結，學姊們喜極而泣。

許久無帥哥的一等中竟然一次出了三名校園偶像，分別是數理資優班的林律人與新設立體育推薦班的童明夜，一個冷傲如冰、一個陽光燦爛，總讓女孩子們思春的心跟著冰火五重天；另外還有一名低調到極點的小學弟，存在像空氣一般，不突出，剛好可以居中調和冷和熱。

照理說人氣偶像難免會有競爭意識，正所謂一山不容二虎；但他們三人恰恰是拜把的好哥們，感情良好，經常湊在一塊辦活動娛樂大眾，校內校外擁有眾多粉絲。

青年社打算爲校園偶像推出專刊報導，但現在難題來了，這個青春少年團體的第三人到底是一年級的哪位啊？——楊中和中午留在十三班教室，就是爲了撰寫報導而苦惱不已。

一中中午間休息不強制睡眠，一般同學會趁空到處跑、串門子，而他總是利用「班長」這個職務當藉口留下來，獨自享受清靜的氛圍。他雖然喜歡大眾事務，但嚴格說來，算是好靜的人。

楊中和擱下手中轉個不停的筆，他的報導遇上了瓶頸，前兩名校園偶像太紅了，沒有問題；問題在第三位。他訪問過學姊們，沒一個說得清第三人的名字，只記得他姓吳。

一年級的吳姓男同學沒有幾個，他座位正前方正好也有名吳同學，長得也算白淨清秀，卻有個致命缺點——幾乎不開口說話，疑似有自閉症。

以楊中和對他的了解，吳同學不可能跑去安養院和育幼院唱唱跳跳，擔任用自己的汗水博取他人歡笑的青春偶像，吳同學比較像需要被救助的弱勢孩童。

楊中和看吳同學本人仍傻傻地坐在位子上發呆，嘆口大氣，起身過去敲了敲自閉兒的桌子。

「吳以文，該吃飯了，你不餓嗎？」

楊中和話還沒說完，他的自閉同學就從書包裡拎起大包袱，打開來，竟然是一個超級大便當，足足有三人份。

說時遲那時快，教室前後拉門遭人暴力地推開，只該存在於鎂光燈和掌聲中的一等中兩大校園偶像鄭重光臨一年十三班。

前門那位穿著黑白相間的運動服外套，頂著一頭半褪色金髮，身形比起同齡生高挑許多、長相也格外成熟帥氣，臉上綻放出堪比耀陽的燦爛笑容，人氣排行深受高三學姊們喜愛，一中體育班隊長、獎牌殺手，不論男女通稱他爲「童明夜大人」。

後門則是眉宇清冷的正統世家少爺，身板纖細，極為白皙的臉龐掛著細框眼鏡，一中制服搭著深灰色背心，明明普通不過的學生裝扮卻自然地散發出菁英氣息，一年級女同學的最愛，一中不敗的榜首、冰山王子，敬稱為「林律人殿下」。

楊中和怔怔地看著兩大美少年小跑步過來，直奔發呆中的吳同學，相擁而泣。

「以文/阿文，我們去吃飯！」他們這麼對親愛的小文文感動呼喚。

「對不起，餵食晚了。」吳同學依然惜字如金。

「沒關係，最愛你了！」

他們似乎忘了身邊還有個不認識的男同學，逕自卿卿我我，完全把楊中和當成空氣。

「班長。」吳以文開口喚道，慢了好幾拍才回應人家的問話。

「啊，什麼事？」

「這個給你，班長再見。」

楊中和驚愕不已：天啊，他同學跟他說話了，天要下紅雨了嗎？

三人走後，楊中和打開留在自己桌上的保鮮盒，是三個捏著小尖耳朵的白胖飯糰，看起來是貓咪造型。

楊中和吃著美味的食物，很高興他關懷同學的行動有所回報，雖然有點莫名其妙。所以說，被全校女子、包含女老師票選爲「最想嫁娶的好男人」榜首的校園偶像，暱稱「貓咪大廚」，眞的是吳同學本人？

學校操場後有大片公墓翻整而成的綠地，三個男孩把便當放在無主墓碑上，雙手合十，跟著吳以文感謝貓咪大仙賜予豐盛的一餐。

吳以文一邊幫兩個好兄弟盛飯，一邊發著呆。他平時就經常性恍神，但今天格外嚴重。

童明夜咬著黑貓咪叉子問：「阿文，怎麼了？」

林律人端正持著白貓咪筷子：「連海聲又欺負你嗎？」

他們家小文文是個命苦的孩子，沒跟父母同住，年紀輕輕就落入火坑，被邪惡的連店長這個又那個；但就算連海聲再惡毒，吳以文對他老闆仍然毫無道理地死心塌地。除非那間店倒掉，不然這孩子永遠不可能脫離斯德哥爾摩的苦海。

吳以文搖搖頭，用灰貓咪湯勺攪拌鮮美的魚肉和白飯。

「我們店要倒了。」

「耶呼！」兩人毫不留情地歡呼出聲。

「以文，來跟我住！我養你！」林律人笑瞇了眼，他家是政界世家，財力完全可以讓他包養同年的男孩子。

「阿文，跟我啦！你養我！」童明夜不甘示弱，至少他也有一間母親留下來的老公寓。

吳以文看著幸災樂禍的好友們，感覺似乎更喪氣了。

「明夜、律人，要當隻好貓。」

「啊啊？」雖然他們是好朋友，但完全理解不能。

「阿文，到底怎麼了？」童明夜摟住吳以文脖子問道，話題終於回到正常的好友關懷程序，先傾聽再一起解決問題。

吳以文說：「延世相。」

童明夜和林律人兩人出身、個性完全迥異，一個是街頭小混混，另一個是世家小少爺，聽了那個名字，卻同時變了臉色。

吳以文又問：「他是誰？」

「阿文，你不知道嗎？他是……呃，一個評價兩極的名人。」

「我只有五年的記憶，不知道。」

「呃啊，你可以去問整天抱著電腦的陰冥學姊，她應該都知道。」

吳以文昨天半夜就去向情報通學姊求救，被只穿睡衣的學姊用力扭耳朵懲戒，嚴厲地警告他不准再擅闖少女香閨。

「學姊叫我來問你們，說你們是離我最近的關係人。」

陰大小姐不愧是地下情報大王，童明夜乾笑不止，林律人嘴唇抿得像蚌殼。

「阿文，我覺得這件事哎呀呀有點棘手，你可以不要管嗎？」童明夜盡最大能耐守著祕密又說服吳以文罷手，不過自己都覺得失敗。

「不行。」

「以文，那個人都已經死了！不要牽扯進來，否則林家不會放過你們。」林律人情緒有些激動，似乎觸及到他密密藏著的陰影。

吳以文沒說就是堂堂林家指派店長查案，只是呈上滿滿的魚肉拌飯，把好友餵得飽飽的。

他自己卻沒吃多少，抱膝在草皮上發呆，一動也不動，童明夜和林律人真想把他裝進紙箱帶回家。

紅色跑車呼嘯而過，無視交通規則在路口來個大甩尾，大搖大擺地停在古董店門口。

駕駛拿下墨鏡，是個擁有電眼的妖媚美人，她踩著高跟鞋下車，長腿豐乳，酒紅色小禮服完美展現這位小姐傲人的身材。

「喲，有誰在嗎？」她推開新整修的琉璃門板，嬌聲嬌氣地喊了聲，沒開燈的古董店沒人理她。女子笑了笑，逕自觀賞這塊寧靜的小天地，目光不禁定在正對門口的青花茶具組上。

她伸手去碰，原以爲會有玻璃櫃阻擋她的纖指，沒想到竟然櫃門大敞，讓她如願以償地拎起那口最美麗的瓷杯。女子雙手將冰冷的青瓷捧在手心，懷念她所懷念的人。

「大小姐，摸夠了沒？」連海聲從店後走出來，指頭殘留水滴，明顯剛從廁所出來。他穿著剪裁合宜的西裝，長髮束在頸後，平坦的胸膛顯示他是貨眞價實的男性，但還是非常漂亮。

「海聲哥！」女子放妥瓷杯，然後小跑步撲進一米八美男子的懷中，嬌嗔搥打幾下，然後開始上下其手。

「嘖，不是叫妳轉過來摸我。」連海聲硬是把送上門來的美女一把推到安全距離。

「妳來幹嘛？」

「我就不能來看看我的專任律師嗎？」女子單手轉著人家的領帶，笑容有些心虛。

「海聲哥，最近有沒有發生什麼事？」

連海聲笑了，就算天上打旱雷也不能抑止他的笑容，狠狠地把領帶從女子手上搶過來。

「我就在想，爲什麼林家沒事會過來個大少爺。延世妍，繼上次國貿稅單整堆被外國人騙走，妳又給我惹了什麼麻煩！」

「我只是在國務會議上表揚你對國家的功勞啊！」延大小姐理直氣壯地撐起腰板，然後被店長用力揪耳朵。「好嘛，因爲他追我追得我很煩，就把你拱出來當擋箭牌。因爲我目前最想壓倒在床上的人，就是海聲你喔！」

「是哦，給我滾出去。」店長大人對眼前的美色無動於衷，沒掐死她已經很客氣了。

「我是眞的喜歡你，不論是名聲、財富，還是男人最喜歡的權勢，你都不放在眼裡，連海聲。」延世妍俯身向前，露出男性都會陶醉的嫵媚笑容。

連海聲卻掏出卸妝棉，從延世妍臉上抹下去，終於擊退白面女妖。

「妳想幹什麼，不要拐彎抹角。」連海聲的聲音一點溫度也沒有。

「不要怪我嘛，誰教我求你好幾遍你都不理我。」延世妍哽咽說著，撤下所有僞裝天眞。「你和我哥同樣是從那個地方出來，我相信，這個世上只有你有能耐找得到他。」

「小妍，我由衷勸妳，別浪費生命去找一個燒成灰的人渣。」

延世妍被連海聲這句話勾起兄長各種混蛋事蹟回憶——眞正白手起家的天才，憑一己之力勾搭上政界林家又吃下商界大老白家，沒有男人能像他那麼卑鄙無良又帥氣十足，尤其他又眞心疼愛著她這個小妹。

「我總覺得他還活著……他走了也才五年，我不想世人忘了他，把他的名字當作禁忌。」

「爲了妳的一廂情願，就拖我下水？」連海聲拔高音質問。

「沒錯！」嗆聲完，延世妍趕緊小跑步後退，閃過連海聲暴怒拳頭。

等連律師稍微消氣，延世妍從防揍用的名牌包後露出俏皮笑臉。

「對了對了，你家那個可愛的小朋友呢？大家都好奇無血無淚、口中只談權和利的你竟然養著一個男孩子。」

「關你們屁事。」連海聲完全銅牆鐵壁，絕不洩露半點私情。

「可以讓我玩玩嗎？」

「十億。」以上是店長量化小店員的價格，不含稅。

「好貴！」

正當連老闆和延小姐打情罵俏，銅鈴清響，店員正好提著書包放學歸來。

「以文？」延世妍不住驚艷，前年才在她胸口的小孩子，轉眼間已經有男人的雛形了，從骨瘦如柴長成胸是胸、屁股是屁股，可見店長嘴上嫌棄得半死還是有下工夫在養小孩。

吳以文點點頭，非常含蓄地向大姊姊問好。

延世妍猛地一把抱住店員，好似餓虎撲羊。

「好，十億就十億，我要了！」

「妳怎麼不去死？」連海聲把有點嚇到的吳以文拉出惡女的懷抱，沒用的東西。

「回來得正好，妳的案子就由他接下了。」

延世妍盡量不讓臉上露出失禮的表情，但一個單薄的男孩子怎麼查得出連國家機器也束手無策的懸案？

「還發什麼怔，現成的人證，還不快問？」連店長巴了下店員腦袋，吳以文望著大姊姊，欲言又止。

延世妍主動介紹：「我是延世相的妹妹，給你們添麻煩了，眞對不起。」

吳以文點頭，不知道是鼓勵她說下去，還是認同添麻煩這件事。

「我跟世相哥同父異母，我們家族就是這樣。他年少就從南洋來這裡重新生活，家裡只有我和他比較親。」

連海聲代啞巴似的店員問道：「他爲什麼會死？」

延世妍神情黯然：「我不知道，我是接到他死訊才來這國家。他從不掩飾自身的鋒芒，招來不少忌恨。」

「親友呢？」

延世妍不好啓齒，他兄長作爲一代傳奇人物，意外亡故卻沒幾個人爲他掉淚，開心大笑的卻不少。

「他只相信他的祕書，而他的祕書在婚宴前失蹤，至今下落不明。」

「結論：妳根本什麼都不知道。」連海聲尖酸地數落派不上用場的「死者家屬」。

「文文，送客。」

延世妍頓了下，忍不住定睛瞧著吳以文的死人臉蛋。

「我哥的祕書也叫這名字，這孩子有點像她，如果他們私下有孩子……」

吳以文搖頭：「上個月文文過世，文文是貓。」所以他是跟貓同名而不是那個失蹤人口的祕書。

延世妍就算心裡難過，仍摸摸小店員的腦袋安撫。

「貓咪去天堂當天使了，店裡就剩你了，你要好好陪著壞脾氣的海聲哥喔！」

吳以文鄭重點頭，延世妍心裡也好過許多，果然有孩子在的生活就是不同。

「海聲哥，等我哥的事查完，我想結婚了。」

連海聲口氣稍稍軟化：「除了林家，哪個男的都好。」

延世妍睜大明眸，殷殷期待：「那你可不可以考慮一下？我會對以文好的。」

「死心吧，我跟妳絕對不可能。」

「討厭啦！」

延世妍妖嬈走後，連海聲一屁股坐回櫃台大位蹺腳，而吳以文還杵在他面前不動。

「怎麼？」

「老闆說，老闆不認識延世相。」

「對呀！」連海聲露出奸詐的小虎牙。

「老闆和世妍很熟？」

「算是。」連海聲瞇起微勾的鳳眼，慶幸店員笨雖笨，還是有在動腦筋。

「老闆和世妍很熟，和延世相同樣出身南洋世家，可是不認識延世相？」

「你對我的事倒是記得很牢嘛！」連海聲愉悅地晃著長腿，哈哈大笑。

吳以文無語地盯著連海聲三分鐘。在他的認知裡，店長是世界最偉大的人，至高無上，所以明知連海聲故意隱瞞，也不能把他打到吐、嚴刑逼供。

「老闆，你在說謊。」吳以文偏著頭，似乎正在連結一些顯而易見的東西，連海聲發出一記褒賞的笑聲。「老闆對不爽的人都不會說眞話，而老闆，非常討厭林和堂。」

「唉，我都掩飾得這麼好了（根本沒掩飾過）。」店長蹺著長腿，得意地抖了兩下。

「勉強算你及格，接下來，你要怎麼做？」

吳以文扯開束頭的制服領帶，帶著喜怒難分的表情，步步朝連海聲逼近。

「想幹嘛？」大事不妙，連海聲這才後悔沒在櫃台旁邊設一扇逃生門。

「師父說，如果不能打殘，那就脫光。」吳以文一本正經，伸出雙手，就要一把扒開連海聲的襯衫。「說實話、找到人、留下來養我！」

所謂「養虎爲患」、「小孩大了就不可愛」、「撿了個笨蛋後悔一輩子」大概說明了店長目前的窘境。

「吳韜光你個混蛋！臭小子，師父比較大還是老闆？」

「老闆。」吳以文毫不猶豫地應道，手上動作卻沒停。因爲大腦以上是店長教的，他超群的武打身手卻是他師父魔鬼訓練出來的。

連海聲吼了三次「扣薪水」、「睡客廳」，還有「把你的咪咪丟掉」，吳以文才停止動作。如果這個時候造訪古董店，可以看到一個衣衫不整，臉頰泛紅的大美人靠在櫃台直喘氣。

店員被店長用文件夾打頭，打到店長手痠，吳以文才帶著一絲絲委屈出聲：「老闆明明知道延世相是誰。」

連海聲揚起一絲莫測的微笑。

「我不能找、不能說，所以才要你去想辦法。」

林氏家族會議廳——

「我不覺得那個男人有辦法找到，畢竟，我們都花了五年多的時間在延世相的身上——我們林家。」

一名平頭男人在主位朗聲說道，以嚴峻的目光環視在場眾人，最後落在林和堂臉上。

「和簷，死馬當活馬醫，有許多人向我提過連海聲的豐功偉業，姑且相信一次。」

林和堂似笑非笑地回望平頭男子，兩人血緣上是堂兄弟，有著極爲相似的臉孔。

「許多人？是世妍美眉吧！和堂哥哥，這樣不行呀，被女人牽著鼻子走，不是件明智的事，更何況她還是那個人的妹妹。」

發言的人是名儀容不整的年輕人，襯衫鈕釦只扣上三顆、漂亮的右耳露出長輩不予苟同的紅色耳釘，擁有一張比在場機要人士年輕許多的俊美容顏。沒有人敢出聲指責他出言不遜，因爲這是林家呼聲最高的接班人之一。

「律品，你想太多了。」看著輕挑的大姪子，林和堂溫和回應道。

「是喔，世妍小姐和連海聲走得很近也是不爭的事實。」林律品一邊說，一邊口齒不清地嚼著三明治，吸了口早餐店的招牌奶茶。「我們並不想增加了解那件事的人員，天曉得你是不是只想藉機毀了某個情敵。」

「和堂，這是眞的嗎？」掌管林家紀律的林和簷冷聲詢問。

「我不會把公事和私事混爲一談，你們知道的。」林和堂微微一笑。

「什麼公事私事？有什麼八卦我漏聽了？」

突然，會議室大門被一隻腳踢開，闖進一名穿著背心的高中生。他個子不高，兩顆眼睛倒是很大，對所有人眨呀眨地，不自覺流露出世家少爺少見的純眞。

「阿行，你遲到了。」林律品笑出一雙酒窩，輕鬆地拍拍身邊的位子，和下面那堆「老人家」凝重的臉色形成相當的對比。

「只怪我當初抽籤留在這裡讀書，哪像你那麼閒？」林家接班人之一的林律行白了自家堂哥幾眼，書包朝會議長桌一扔，一屁股就坐了下來。「哇靠，律人他還直接蹺班耶！」

林律行的視線望向對面的空椅，悔恨不已。

「你們兩個別鬧了。」林和簷出聲教訓不正經的後輩們。

「是，和顏悅色大哥。」林律品一副慚愧樣，低下頭，林律行在一旁竊笑不止。

「和簷，別跟小孩子計較。」林和堂勸著快抓狂的同輩。

「越來越不像樣！」林和簷咬著牙，狠狠瞪向林家三個活寶之二，第三個還給他缺席！

「總之，就以這個月底爲限，交給連海聲去做了。」林律品嚥下最後一口火腿蛋，沉聲宣布散會。

「什麼，連海聲！」林律行猛地站起身，看樣子會議又得延遲了。

「阿行，你認識他？」林律品饒富興味地接續，眨眨眼對二堂弟放秋波。

「我就是被他那個小男僕打到下半輩子差點坐輪椅！」林律行還沒忘記躺在病床個把月的日子，至今屁股還隱隱作痛。

「你跑去打架？」林和簷臉色不怎麼好看，林律行的傷對外宣稱都是出車禍導致。

「才不是這樣！重點是那個連海聲千萬不能動！延世妍就是他的後盾之一。」林律行激動得把平時的青少年痞樣都放在一邊。

「沒關係，以我們林家的力量，區區小財政部長沒什麼好怕的——只要和堂哥哥不要偏袒他的女朋友。」林律品的笑容滿是不懷好意。

「我又沒說只有延世妍挺他，連海聲的人脈是你們想像不到的廣，根本不像那個年紀可以認識的多，你們到底因爲哪件事惹到他啊？」林律行和主持會議兩名叔叔不同，完全反對林家去動那間精品店。

「可是他的資料十分平凡，看不出什麼特別。」林和堂心中盤算著千萬思緒。

「這才是他可怕的地方！和堂哥，你眞的被愛情沖昏頭了，連海聲根本是查無資料嘛！」林律行忘了還有一堆人在現場，大聲吼出林和堂暗戀延世相妹妹的祕辛。

「要不是你老是蹺班，我就不必重新擬定計畫了。」林律品踹了林律行的後膝蓋，讓他痛得坐下來。「這件事，我再回去評估該怎麼對連海聲下手。」

「律品，這次的主題是『延世相』。」林和詹蹙眉提醒道，「無論如何，林家的敵人絕不能讓他存在下去。」

「只怕這次弄出更不得了的敵人。」林律行碎碎唸了一句。

星期六下午是古董店的休息時間，吳以文即使想窩在店裡寫功課也會被店長趕出去。況且眼下可是古董店的非常時刻，店長說什麼也不許店員跟他房間那堆貓咪布偶打混度日。

於是吳以文在上午烤了巧克力蛋糕，用紙盒緞帶仔細包裝好，又到街上花店用點頭搖頭的方式買了一束玫瑰花，漫步走來鄰近古董店的高級住宅區。

這個地段的房子最高不到四層樓，獨棟獨院，許多人家都有怡情的小花園，足以養狗或是弄個小蓮池。吳以文停在轉角過去第一戶和式雙層樓房，照正常拜訪程序按下門鈴。

「誰呀？」對講機響起甜美的女聲。

「我。」

不一會，綠色荷葉造型的大門開啓，一名穿著粉紅蓬蓬裙的女子小跳步現身，一見他就笑得開懷。

「以文，你來啦，阿姨好想你喔！」

少婦已經是高中生的媽，但外表完全看不出眞實年齡，也絕看不出她過去拿雙槍掃射九聯十八幫的威名——被封作天海的「颶風」，與殺手「閻」齊名的神槍手。

不過她結婚後已金盆洗手，現爲全職家庭主婦。

「阿姨好。」吳以文依禮數端出蛋糕和捧花。「我找學姊。」

禮多人不怪，少婦笑了開來：「哎喲，這麼客氣？我都以爲你是來向小冥求婚呢！」

吳以文點點頭，因爲他的肢體動作太簡潔，很容易讓人誤解他的意思，少婦看得心花怒放。

「好，以後小文就叫我媽媽吧！」

對比店長冷淡得要命的態度，少婦每次都是最高規格款待他，說他像自己兒子一樣，吳以文難以抗拒盛情。

少婦領著少年進門，放好蛋糕和花束，又拉著吳以文說了一些母女間的家常趣事。少婦看吳以文認眞瞪大眼傾聽的模樣，忍不住失笑，戳了戳他臉頰。

「小文這麼可愛，怎麼不多笑笑？」

如果一般客人來店裡要求服務業微笑，店員只會模仿店長用鼻頭看回去，但少婦不一樣，從初識就說「喜歡他」、「小文是好孩子」，吳以文努力扯開嘴角抽了抽，可惜怎麼也稱不上笑容。

但少婦仍讚許地揉了揉吳以文頭髮，好像他做了很棒的事。

「小冥在樓上，你們年輕人慢慢玩喔！」

得了阿姨允許，吳以文沿著螺旋木梯上樓。二樓和明亮的一樓不同，沒開燈，長廊黑漆一片，只有忽明忽暗的幽光從最裡間的房間傳來。他輕步走去，探頭入內，長髮披散的少女抱膝坐在電腦桌前，身上僅一件連身的白色小洋裝，大眼睛專注地盯著螢幕，滑鼠在她漂亮的手指下喀答、喀答，宛如附著在電腦上的現代版倩女幽魂。

「學姊。」吳以文喚了聲，算是打過招呼，走進少女的閨房。

「你來做什麼？」少女頭也不回，只用陰森森的口氣回應。她在林家動手之前就知道那間店被政府盯上，被迫調查五年來政商絕口不提的慘案。吳以文這回前來，她用膝蓋猜也知道他遇上好朋友死沒義氣的瓶頸，才會垂頭喪氣又來拜託她幫忙。

好一會，後頭安靜無聲，陰冥不得已轉過身去，卻看見吳以文捧著置物櫃擺設的陶瓷貓咪把玩，完全忘了正事。

「學姊，這兩隻……」吳以文尾音揚起，感覺得到他被陶瓷貓打中了心房。

「我媽咪沒事買來放，你喜歡就拿去吧？」

「學姊的媽媽好好。」

陰冥隨口抱怨著母親：「她很奇怪也很煩，都幾歲的人了還穿小短裙露大腿，整天叫我去上學交男友，你喜歡就接收過去。」

吳以文點點頭，很喜歡的意思。

「學姊也好好，好東西都留給我。」

「你誤會很深。」

他們因緣際會認識後，每當古董店休假的星期六下午，朋友沒幾隻貓的吳以文總是跑來這裡打擾。她家就只有母親和她相依為命，多餘的器物不送給他也只能丟棄。

世上不是所有人都像她母親不問出身只憑感覺看人，她對這個來路不明的學弟一直小心提防著，即使他表現出來的心智只有七歲，放學經常跑去公園和幼稚園生一起堆沙堡。

「你調查延世相之前，是否先交代你和連海聲的來歷？」陰冥瞇起一雙大眼，吳以文捧著陶瓷貓望來，模樣甚是無辜。

「有一天，我撿東西吃，老闆撿我回去。」

「誰聽得懂！」

「學姊，我們店快被拆掉了，請妳幫我。」事關到古董店，吳以文平板的聲調不免透著一股急切。

陰冥陰冷看了他一眼，用力轉過電腦椅，纖指答答在鍵盤敲下，資料從吳以文手邊的機器列印出來，是一則報紙舊報導。

「那年我十二歲，剛學會第一套程式語言。案子發生在我們市裡，我和媽咪正在吃晚飯，突然聽見巨響，那場爆炸大到連距離現場十公里外的我家也搖了好一陣子。」

吳以文恍然睜大眼，似乎想起某些事情。

陰冥眼尖發現，冷聲問道：「那時你也在這座城市嗎？」

吳以文搖搖頭，不願多談。

陰冥白眼以對，繼續下去：「我媽咪趕緊出去探聽狀況，這裡沒有煙火工廠，造成這麼大衝擊的火藥不是軍方就是黑道，她曾經統領的天海幫聯是九聯十八幫之首，脫不了關係。」

當時陰冥獨自看家，打開電視，每家新聞台無不轉播現場的大火，冷不防，畫面全黑，隨後插入突兀的保健廣告。她疑惑地轉著選台器，竟然沒有一家電視繼續追蹤報導。

隔天報紙頭條全以「電線走火」解釋這場意外，五十條人命再無後續，包括林家的新娘子和那個總是媒體焦點的新郎官，沒有官職卻被高官恭敬稱呼的「延世相先生」。

她母親爲此惋嘆好些日子，卻什麼也不告訴她。大人以爲這事太危險了，小孩子不該知道。她只得打開電腦，連上線，搜尋。

從此她明白到，眞相只能自己找出，別人把社會說得再溫良美好，也都是謊言。

「現在網路關鍵字也差不多被掃光了，你能找的線索就是案子的相關人等，驗屍的法醫、調查的警檢和主辦婚禮的林家。那隻大手就算可以掩住人的耳目，不聽不看，卻不可能堵得了悠悠眾口。而你行動前必須思考如何贏得讓人開口說話的信任，現在連你兩個朋友也說服不了，你怎麼查下去？」

「伸出爪子拜託。」吳以文願意努力向他過去最不擅長的人際交關，一切都是爲了店長大人。

以爲誠心誠意就能求得好果嗎？陰冥眞不想理他。

「吳以文，這事很危險，沒有人可以保護你。」

「我想保護好老闆。」吳以文呆板的語調中隱藏著堅定的意志，粉身碎骨，在所不辭。

陰冥想說一些點醒的話，對方這個初生之犢的年紀根本不明白這案子到底有多恐怖，但又不想和他有太多牽連，到頭來只垂著眼道：「你小心點。」

這時，樓下響起陰媽媽棉花糖似地呼喚：「小文、小冥，來吃蛋糕！」

陰冥裝作沒聽到，回頭忙她手邊的事，揮揮手叫學弟快走。不料她突然腳下一空，整個人被當作公主抱起，強制帶離心愛的電腦桌。

「啊啊啊，你幹嘛！放手啦，走開啦！」陰冥被懸空扛在肩上，只能高分貝尖叫。

「學姊，妳不能再宅下去了。」吳以文語重心長，「看看外面的世界，有很多貓咪跑來跑去。」

「我的事你不用管！我也討厭有毛的動物，放我下去！」

吳以文似乎很會對付這種任性、自我中心又體力不佳的人（店長），陰冥最終被迫牽著他的手到樓下吃下午茶，她媽咪對他們笑得一整個噁心。

兩個孩子並肩坐在一塊，怎麼看怎麼相配，陰媽媽單手托頰說：「有誰敢拆散我家小文和小冥，我一定出手打爆他們。」

「謝謝媽媽。」吳以文不知道是口誤還是故意回道，被陰冥肘擊。

三、編號1　吳警官

時間來到星期日早上，鬧區街上發生搶案。警方順利逮捕嫌犯，也把受害者帶到市分局做筆錄。

那是一名清秀的高中男生，摺疊椅上的坐姿十分端正，腿上放著方型的大布包。眼尖的女警發現布包上的貓咪圖案每隻都不一樣，或是打滾或是睡覺，非常討喜。

「同學，你記得發生什麼事嗎？」

「搶劫。」吳以文簡潔以對。

「嗚嗚，好痛……我要去醫院……」旁邊還有個國中男生，蜷在地上大哭不止。

「乖，男生要堅強一點，流點血死不了的。」女警被哭聲嚴重干擾，先轉向另一個孩子。「呃，我們還是回到正題好了，為什麼犯人……會一個躺床、一個輕傷……」

「他們搶我。」吳以文僵板地說。

很好，四個字了，男警晃著筆錄，頭突然很痛。

兩個警員非常希望吳同學能說出複雜一點的字詞，像是跆拳道黑帶還是武學世家什麼的，可是他連名字都不講，一直保持在司法最高境界一切緘默的自我防護中。

「嗚嗚……我什麼都沒拿到，他還一直殺過來……嗚嗚，好可怕……」國中生犯人一把鼻涕一把眼淚，任誰被一個面無表情的傢伙活活追趕兩條街都會留下心理陰影。

「乖，別怕。」女警哄到有些不耐，這犯人和受害人的反應反了吧？「呃，根據不願來警局的路人說法，搶匪是以機車，一人駕駛，一人於後座襲擊被害人……」

「嗚嗚，還沒得手他就把我踢下來，跳上阿丁的車……」

「然後擊昏機車駕駛讓他去撞電線桿，再回頭追擊另一個嫌犯，哇啊！」男警不禁讚歎，簡直像動作片，和他們上司的身手有得拚。

「同學，雖然大家都拍手叫好，但是下手太重還是會觸犯法律。」女警一定要傳達「暴力不是萬能」的觀念給小朋友明白。

「除暴安良，人人有責。」吳以文凜起貓似的橄欖圓雙眼。

兩位員警有些傻眼，這句話怎麼聽怎麼耳熟，不是他們長官經常掛在嘴邊訓示小老百姓的口頭禪嗎？

「好好，你填一下資料，我們再繼續。」男警放棄溝通，回到正題上。

「我覺得身心受到打擊。」吳小店員那張死人臉一點也不像有驚嚇到的樣子，看起來旁邊的搶匪還比較可憐。

「請配合我們，不然等我們長官開會回來，你們就倒大楣了。」男警不是恐嚇，他們的上司上任沒多久就嚇跑管區一大票的小地痞。嚴重暴力傾向、脾氣不好，後台又很硬，犯人都被他打著玩。就算不是犯人，臉賤一點，像是上次恐嚇勒索案那個嘲笑警察無能的高官兒子，巴掌也是「啪啦啪啦」照甩不誤。

吳以文停筆，男警拿起他的個人資料，雖然還是一片空白，至少有填聯絡電話。他們以爲被害人呆板的反應是因爲被嚇傻了，想找家長把小朋友接回家。

電話打過去卻無人接聽，因爲例假日早上店長多半睡過中午才會像遊魂一般地幽幽起床。

「怎麼回事！」

警局冷不防響起一聲大吼，嚇得所有人都蹦起身。出聲的是名高大的男人，從門口大步走來少年隊部門。他身穿警制西裝，手上拿著警帽，額前摻上幾絲白髮，有著狩獵者的銳利眼神，使他比實際年齡看來少了些年紀，像是三十出頭的青年。

男人眼角餘光一瞥向兩個未成年少年，女警趕緊橫擋在男人和無辜少年以及不無辜但是負傷的少年之間。

「吳警官！請你手下留情！」

男人掃過發呆的高中生一眼，再瞪向地上的小混混，話不多說，立刻拎起來教訓。

「毛沒長齊，還吸菸！」吳警官在傷患的耳邊厲聲吼叫。

「隊長，是搶劫。」男警不由得立正報告，女警拚命叫同事閉嘴。

罪加三等，劫匪被吳警官提上牆壁，硬生生用力扳起國中生的下巴，讓他驚恐的眼無法逃避男人的瞪視。

「很了不起嘛，搶劫，哼！幾歲？」

「嗚嗚、嗚嗚……」犯人體會到社會的殘酷。

「幾歲！」吳警官咆哮大吼，整棟警局都是他的怒聲，犯人被嚇得站都站不穩。

「十五，嗚嗚……」

「趴下！」男人手一扔，少年犯人跌下地板，淚水和鼻水早糊成一片。「衣服別著地，敢掉一秒我扁一頓！」

處理完國中的，接下來輪到高中部。

「你怎麼來了？」吳警官瞪了吳以文一眼，屬下們發現長官口氣異常溫和。

「給師父送飯，以及向師父詢問一些警界的祕辛。」吳以文雙手捧起便當，人家才知道原來他們認識。

吳韜光臉色依然不善，好像全世界的死小孩都欠了他一屁股債。

「你那個……」吳警官看著吳以文的撲克臉想了一陣，還是叫不出名字。

「師父，我現在叫『以文』。」

「喔，進來吧。」吳警官招呼著，吳以文跟上腳步。「記得以後在外面叫『爸爸』就好。」

兩名員警大夢初醒，原來是父子啊，難怪行事風格那麼像，可是又覺得哪裡怪怪的。

吳韜光像是餓了三天般狼吞虎嚥著吳以文帶來的便當，一邊吃一邊抱怨開會的事：發下來的餐盒只夠他塞牙縫，坐在那邊聽廢物說話，餓死了。分局長十句有八句提到他，擦著額上的汗水，語重心長地說：「韜光啊，求求你不要再破壞公物……」

犯錯通常會受到指責，但犯錯犯到明目張膽、我行我素，就像店長四處壓榨企業主血汗，人家反倒會跪下來請求高抬貴手。

吳警官的字典裡沒有「認錯」兩字，活在唯我獨尊的世界裡，某方面和店長大人非常相似，而這兩個大人分別是養大店員的至親。

吳以文默默聽著，給師父大人泡茶又搥背，十足像個小媳婦。

「喂，這肉味道太淡了，你在煮什麼啊！」

「不想給師父腎臟造成負擔。」被嫌棄廚藝，吳以文仍任勞任怨地摺好吳警官亂扔的西裝。

一直等吳警官打了飽嗝，滿足吃著飯後水果，吳以文才戰戰兢兢出聲。

「師父……」

吳韜光略過吳以文勇氣全梭下去的發語詞，環著雙臂搶話：「學校怎樣？有沒有交女朋友？我告訴你，女人啊，屁股大會生最重要，健康比什麼都重要。」

吳以文不擅長處理連珠炮的問話，只能斷斷續續地回話：「嗯、沒有、不知道……

師母還好嗎？」

周遭認識吳警官的人總避免提起他夫人，知道他休假總是上醫院幫妻子掛號拿藥，兩人結褵十來年也沒有孩子。

吳韜光倒是很高興吳以文的關心，陰鬱的臉龐笑了開來，回復他面容該有的俊朗。

「還好，只是她會忘記你不在家，煮飯煮太多，不過我都吃完了。」

對比吳警官愉悅的笑顏，吳以文聽見「家務事」時，眼神幾乎死去。

「我來這裡，請教師父一件事。」吳店員決定快刀斬亂麻，狠心不理會吳警官想要跟他培養感情的大狗電波。「師父是五年前調查大禮堂血案的刑警……」

吳韜光臉色大變，奮力拍桌，打斷吳以文的問題和一雙木筷。

「這件事你別問，否則我把你脖子折成兩段！」

「師父，我們店被盯上，必須查出延世相下落。」

「關你屁事！連海聲到底在做什麼！竟然把你拖下水！」

「我要保住老闆和店，是我的寶物，請師父……」吳以文努力背誦寫好的說詞，奈何他在人前，尤其當著名義養父面前，就是無法正常表達。

「囉哩囉嗦一大堆，你馬上給我回家！」

「請您明白，沒有店、沒有老闆……」

「你這小子才什麼都不明白，問題就出在你老闆身上！我因爲他被調來這區管一群死小孩，總有一天跟他清算這筆帳！而你！在事態不可收拾以前，給我搬回家住！省得人家笑說我跟詩詩沒錢養你！」

吳警官態度強硬，吳以文碰上鐵壁，不僅被訓得滿頭包，師父大人還眞的動手要把他捆回身分證上的戶籍地址。

「師父，不行，我還要回去煮飯給老闆吃！」吳店員掙扎不已，問話不成，反倒撞上虎口。

「養狗都比養你養得熟！不知感恩的東西！我和連海聲誰比較重要！」吳韜光勒著店員的襯衫領子，就算吳以文快要無法呼吸也繼續往警局大門拖去。

「師父，我不是狗……」吳以文嗚咽兩聲。「老闆比較重要。」

「你說什麼，找死是不是！」吳警官勃然大怒，他含辛茹苦地用無數拳頭血淚把一個什麼都不懂只會軟軟挨著他肚子撒嬌的小孩教成男子漢潛力股，竟然輸給那個心機死人妖！

好在少年隊兩名員警見義勇為地各抓住吳警官一隻胳膊，吳以文才得以活下來喘氣。

「我在教訓小孩，你們管什麼閒事？」吳韜光氣呼呼地瞪向屬下。

「隊長，你手上什麼東西沒被你打壞過？再教訓下去會死人啊！」兩人在少年隊打滾久了，深知每個不回家的孩子都有他們不得已的苦衷。

吳以文趁機脫逃，吳韜光拔腿追了一條街後無功而返，只能憤怒地打電話給那間黑店。奇蹟似地，電話接通了，傳來幽魅的笑語。

「連海聲！」

「他去找你了？你什麼也沒說吧？」

「你一定會付出代價！」

「我可是被害人呢，只差沒有趴在地上哇哇大哭、要世間還我公道，呵呵，你要我學給你聽嗎？」

吳韜光厲聲警告：「我不管你要做什麼，就是不准把他拖下水！」

他就納悶為什麼潛伏許久的地下勢力又騷動起來，消失五年的殺手也現身在這座城市。在他警界生涯中，社會有什麼大亂子總不離那個人，根本就是個禍害。

「不這麼做，你會蹚這灘渾水嗎？你們這些吃公家飯的，嘴上說著正義，結果被上頭記記過、調調職，吃點苦頭就退縮，我們這些被拋在一旁的可憐人又能如何？」

吳韜光幾乎能想像那個俊美到妖異的男人，睨著異色眼瞳，冷冷地嗤笑他和這個佯裝平和的社會。

「連海聲，我會派員過去駐點，叫底下人加強巡邏。不過你記住，只要他有個三長兩短，我就把你扒光吊在你店門口做肉乾！」

四、編號2 華醫生

週一放學時分，吳以文來到這座城市死人聚集的建築區，也就是都市規劃的醫療研究中心。

方圓十里，總計有六家診所、三間小兒科、二間牙科、一間專治皮膚病；市立醫院一家，私人大醫院也有三棟大樓並立。吳以文以學生制服和書包掩人耳目，一手拿著處方箋往目的地前進。

拐了一個大彎，吳以文的腳步立定於白色水泥建築前，亮麗的招牌放著模特兒的相片，上頭寫了「杏林美容」四個大字。醫院服務內容很簡單，總括來說就是追求人類美麗的極致，簡而言之叫作「整型」。

如果可以，吳以文寧願跟十隻惡犬搏鬥，也不要來這裡調查。

少年繞過大門，從醫院後部的通風口潛入。

通風管的用途雖然是空調系統循環空氣的通道，但並不代表裡面空氣清新又芳香。吳以文匍匐前進中，從下面的縫隙能夠欣賞到水袋如何填充乾扁的乳房，還有血、脂肪從管子源源不絕地抽出——各種美麗底下的祕密。

吳以文眼睛眨也沒眨，繼續往目的地前進。過彎，爬行十五點四公尺之後，往正下方的裝潢木板揮拳打出通道，然後雙腿滿分直立著地。

房間四周是高聳的木櫃，漫著樟腦的氣味。有的櫃子沒關緊，露出一小截紙卡。這裡是檔案室。這家整型外科不知道經手過多少螢光幕上的知名人物，為了防止資料外洩，沒有建立任何電子檔，所有不可見光的機密文件都以紙本形式保存在此處的四面大資料櫃中。

櫃上的編碼隨機排列著，不是管理人員根本無從查起。吳以文看了下比他高的資料櫃，決定土法煉鋼，自己動手翻找。

門板冷不防打開來，走進一名白袍女人。女人年紀四十來許，髮絲隨意在後頭挽起髻，沒有青春和令人驚艷的容顏，但她那身嫻靜的氣質，即便不經意一瞥，目光總會不自主定在她柔和的神情上。

她還來不及關上門，脖子立即被少年的手臂架住，頸動脈旁還出現鋼筆尖頭。是人都該尖叫，可是女人異常冷靜。

「不要出聲。」吳以文低聲警告。他盯著右邊天花板的角落，人質也順著他的眼神看過去。

一台監視攝影機就嵌在屋角，白袍女人皺了下眉。

吳以文把手移開女子脖頸，做出投擲的動作，鋼筆飛射出去，順著他拋出的軌跡貫入攝影機鏡頭，正中紅心。

掌聲響起，白袍女子向少年表示讚賞之意。

「我已經被相關單位盯著五年了，謝謝你爲本院除害，以文同學。」白袍女人微笑著，兩手悠閒地插回口袋裡。「爲了感謝你的義行，想要什麼，跟阿姨說一聲便是。」

「延世相。」吳以文把筆收回手製的鉛筆袋，上面有兩片圓滾滾的貓耳朵。女人長長「嗯」了聲，對少年可愛的鉛筆袋和少年本身都非常感興趣。

「先喝杯茶，這麼久沒見了，阿姨想跟你聊聊天。」白袍女人的手放上門把，邀請吳以文到她的私人辦公室詳談。

「華醫生，對不起，我有正事。」女人態度友好，吳以文卻絲毫沒有鬆下眼中的警戒。

「你對醫生還是印象不佳啊！」華院長一笑置之對方的冷情拒絕，走到門旁的長櫃，從中間高度的格子抽出第一張資料卡。「他們總是以爲我會把它銷毀，還是鎖在銀行保險庫之類的。」

「延世相眞的死了?」吳以文低聲地問。

白袍女人笑得有如春日綻放的花，好像那個人人噤聲的名字對她就是個笑話。

「就是這樣我才把死亡證明放在這個位置。每次過來都提醒我，那個人渣終於死了!」華醫生擰出扭曲的笑容，直到吳以文僵直地倒退一步後，才恢復平和的神情。

「別怕嘛，我又不會吃了你。」

吳以文全身細胞都在戒備狀態，可是又因為連海聲的關係，他沒隔多久就得過來和院長打個照面。

「華醫生，為什麼恨他?」

華杏林抿起唇，本來想像個大人保持沉默，但難得小朋友向她開口求助，不能隨意敷衍，或許這就是店長叫他過來的目的。

「那場爆炸死了很多人，其中一個是我交心的好朋友。她是個極好的女子，卻在最美麗的年紀悽慘死去，太可憐了，要我怎麼不恨間接造成這悲劇的人渣?」

「新娘?」

「不對，是他祕書。」

「死亡名單上沒有那個女人。」

華杏林「哦」了聲，似乎訝異吳以文能注意到這個警檢忽視的盲點，也了解到這個面無表情的男孩非常認眞在查案。

「她是個無家之人，生活全繞著延世相轉，世上能證明她身分的親友一個死了、一個瘋了、一個就是我，別人沒發現也是正常。所以啦，你要多交朋友，偶爾回去跟你養父母培養感情，才不會哪天你們那間店被連海聲的仇家炸掉，沒人可以給你認屍。」

吳以文小小聲地回：「我有朋友，明夜和律人，都是好孩子。」

「很好，有進步。」華杏林笑得溫柔，但吳以文看來卻是魔女品評美食的微笑。

「醫生，朋友死掉，妳會不會傷心？」

「很難過哦，雖然五年過去了，偶爾想到還是會哭出來。」

「請妳，節哀順變。好人，會上天堂，不會再痛了。」

華杏林軟下目光，本來完全封閉自己的小孩已經能感受別人的心情並且關心撫慰對方，不可不謂奇蹟。

「嗯，事發沒多久，我遇上一隻流浪的小貓咪，全身充滿實驗價值，好想用手術刀劃開他細嫩的肌膚，挖出他的內臟研究，所以我很快就振作起來了。」華杏林笑得好不開心。

吳以文接連退倒兩步，因爲女醫生嘴上說的「小貓咪」就是他本人。

「醫生，證明書請借給我們店，會還妳。」店員戰戰兢兢地伸長手。

「小文。」華院長親暱地喚了一聲，要不是再這樣下去小朋友肯定會奪門而出，她還有很多遊戲可以玩。「連大美人還好嗎？」

白袍女子一邊問診，一邊把手上的紙卡遞過去。

「老闆最近睡不太好。」吳以文接過紙卡，放進書包，然後眼巴巴地盯著出口。

「作賊心虛吧？」身爲店長的主治醫生，華杏林立刻判斷出病因。

「費用？」

華杏林邪佞一笑，舌頭舔起下唇。

「就用你來換吧?小貓咪。」

吳以文寒毛豎起，從小被恐嚇綁上實驗桌解剖的心理陰影頓時籠罩全身，和白袍大夫對峙十秒，最後發出一聲不明的貓叫聲，拔腿逃跑。

店員一路上不知道闖了多少紅綠燈，氣喘呼呼衝刺回古董店，門鈴大響。

「老闆、老闆！」

連海聲從報紙後方探出清麗的面容，臉上還掛著金邊的夾鼻眼鏡。

「怎麼啦？」

吳以文頂著亂髮，一臉呆滯地說：「老闆，換醫生，她可能會侵略地球……」

「杏林又捉弄你了？」連海聲瞄了眼瀕臨崩潰的店員，幸災樂禍地笑出來。

「切掉耳朵……變成B夢……」

連海聲沒看過機器貓的卡通，也就不懂吳以文在驚恐什麼。

「有查到線索嗎？」

吳以文從書包拿出紙卡，如實以告：「華醫生說，那個爛人死了。」

連海聲吁口長息，對於這明確的結果，一點也不意外。

「老闆，人死掉還要找？」

「林家一定也問過華杏林，爲什麼他們不死心？爲了那個『爲什麼』，你給我繼續查下去。」

「華醫生也說謊？」因爲太害怕，吳以文無法判斷女魔頭詭譎的態度。

「說謊又如何？太笨被騙就不要哭說社會黑暗。」連海聲兩指托頰，睨著風情十足的鳳眸：「文文，你就沒瞞過我什麼嗎？」

吳以文凝視店長大人十足勾魂的笑容三秒鐘，然後搖搖頭。

五、編號3 林家二少

林家新生代有三名小公子，大少爺剛成年，已經學成歸國；二少爺、三少爺還在讀高中，同居在林家本宅。老廚娘教導新來的佣人如何簡單分辨三人：整天來討奶茶、打著耳釘、全家上下最俊美的年輕男子就是律品大少爺；總輕聲說著謝謝、會一個人在大廳拉小提琴、多愁善感、遠望去像是白瓷娃娃的是律人小少爺，而那個蹦蹦跳跳、大嗓門、身上總貼著ＯＫ繃，像是鄰家弟弟的就是律行二少爺。

大少和三少感情不好，如果發現他們兩人氣氛不對，一定要緊急呼叫二少爺過來。林律行雖然總是把「本少爺」掛在嘴邊，但他從來不計較身分尊卑，只要家裡人開口拜託他，就算拄著枴杖也會趕去處理問題。

因性格急功好義，林律行在一等中擔任學生自治風紀幹部，連前任因罪解職的校長也忌憚他不敢亂來；但就在他養傷請假三個月時發生了風紀幹部霸凌新生的事件，他一回去立刻把手下教訓得狗血淋頭。

「不可以欺負弱小！」這句話他總是掛在嘴邊叨唸，因爲他也曾犯了大錯。

林律行接到電話，一大早就到古董店門口等人。

這不是他第一次造訪古董店，之前來替林律品那傢伙探查連海聲的身分時，曾和店員發生激烈衝突，他被打到斷手斷腳，是他畢生的恥辱。

但俗話說不打不相識，等他一雙腿能跑跳之後，專程到一年級教室找吳以文給他名片，希望以後能有機會多認識。林律品知情後，笑他是M星人，還把人家小學弟當作小女朋友追求。

林律行不知道林律品腦子在裝什麼，總會冒出奇怪的念頭；律人也一樣，太聰明了，以致於把生活搞得太複雜。他只是感謝打輸那一架讓太過驕縱的他開始自省，也很抱歉打傷了比他年幼的小弟弟，有機會的話，他一定要補償這個過錯。

銅鈴清響，吳以文推開琉璃門板，提著書包和野餐籃現身，向等候的學長躬身執禮，謹守學弟的分際。林律行受不了地制止他，又不是警界軍旅，叫他不用客氣。

他們步行到鄰近的公園，吳以文義務招待林律行總匯吐司和一瓶冰涼鮮乳，還帶了魚肉拌飯來餵貓。

林律行總覺得這公園的貓比別的地方胖上許多，應該不是錯覺。

「學長，這是花花。」吳以文向林律行介紹一隻三色花紋的大貓，雖然野貓神情凌厲，卻溫馴地讓吳以文抱在懷裡。

「哦，牠們和你感情眞好。」林律行咬著豐盛的吐司湊過去，吳以文順手摸摸他的頭。「去你的，不要把我當貓養。」

林律行雖然長吳以文一年，是二年級的學長，但身高只到他肩膀，生得一張鵝蛋小臉，眼神再凶惡也不具殺傷力。

「喂，你和你老闆快點逃吧？」

吳以文放下貓，回眸而來。

「自從延世相死了，林家變得神經兮兮，整天怕有人來尋仇。人一旦神經病發，做事就沒有道理可言，殺人放火也不奇怪。」林律行直截了當批評林家對這案子的手法，蠻橫無禮又不給錢，有失世家大族的風度。

「律行學長，延世相有死亡證明，林家爲什麼說沒死？」

林律行比出五根手指說：「來，我算個簡單的數學給你看。」

「不好吧？」吳以文沉重地說。數學是十八般武藝店員的死穴，小考考卷都藏起來不敢給店長看到。

「現場確認有五十名死者，包括我家小姑，不包括未受邀請的延世相祕書；但我家發瘋的小叔卻說那個女祕書死了，監視器也有拍到衝入會場的女性身影。所以說，爆炸案發生時應該有五十一個人在禮堂，卻只有五十名死人。」

「少兩個人？」

「少一個。」林律行面不改色地糾正，並不像吳以文兩個好友放任他算數無能還誇他可愛。「延世相孤家寡人，我小叔瘋了、他祕書死了，沒人能眞正指認他的身分。」

「『小叔』在哪？」吳以文苦無機會接觸林家的關鍵人證，店長一聽林家就臭臉，打死也不向他解釋兩句世族林家和延世相的糾葛。

「和家小叔和上次去找你們麻煩的和堂哥同輩，好像送去南洋休養。林家雖然和延世相不合，公開嗆聲過，但我小叔和那個人比親兄弟還親。」

林律行還記得小時候電視新聞和報紙對姓延的炮火連連，林家跟著媒體整天罵延世相土匪、竊國賊，罵完又鬧哄哄地一家子吃著飯，小叔雍容坐在主位苦笑。

自從延世相死後，林家一夕沉寂下來。

除去愛恨情仇，林律行單純地想，如果日子沒有變好，那麼多半是做了錯誤的抉擇。

「我知道林家犯了大錯，但涉及那案子的當事人都是我的長輩，要我指責他們是殺人凶手，我做不到。」林律行拍拍膝蓋起身，也差不多快到上學時間。「我知道的就這麼多，律人和延世相比較熟，當初差一點就入他的名籍，你問看看，但他不一定會講。他只是怕受傷，你要體諒他。」

「謝謝學長。」吳以文低身拜謝。

「我看，你不如來做我伴讀吧？」林律行因爲出身太好，和同齡人說不上話；又因爲年齡和外貌的反差，在家裡常被當作小孩對待，偌大世間很難得有一個人這麼對他的眼。

吳以文搖頭婉拒：「古董店店員到死。」

明知不可能挖角，林律行還是由衷遺憾。

「延世相一個人如此下場，你一個人又能如何？」

「我會保護好老闆。」吳以文重申誓願。

「連海聲……我們打架那次，我看到你老闆在病房外徘徊，等情緒穩定才進房看你；一來就急著把你帶走，他好像很害怕再失去什麼，總覺得他是很悲傷的人。」

店長大人在外風評總不離「強勢」、「天才」、「大美人」，甚至私下稱他「延世相第二」，第一次有人說他柔弱可憐，還出自僅有幾面之緣的林二少爺。

吳以文安靜地垂下眼，林律行看他，忍不住想起他當時蜷縮在病床的身影，一個男孩子孤單單的，沒有家人來慰問他。

「吳以文，我欠你一次，我會出面牽制住林家。」

「律行學長，你眞是隻好貓。」吳以文深深一鞠躬。

「什麼啊？」林律行大力拍打吳以文背脊，趕著他往學校前進。

六、變數

晚間八點，古董店那位可愛的常客剛從國外著名景點觀光回來了，店長盛裝出席招待。

「還是這裡好。」穿著特大號時裝的中年婦人將一塊糖霜巧克力餅放入口中，滿足地發出嘆息。她有一點雙下巴，被脂肪夾攻的瞇瞇眼，還有呵呵笑著的親切表情。

「不用恭維了。」喝茶還能有美人在面前微嗔挑眉，就是這家店不同於別家的貴賓服務。

胖女人還是笑著，捧起茶香滿溢的瓷杯。

「文文呢？好久沒見到牠了，還在和小弟弟打架嗎？」

「那隻貓上個月過世，那笨蛋要死不活了好一陣子。」連海聲呶嘴說道。

胖女人垂下眼，憐惜地說：「因爲小文很寂寞。」

「妳哪裡看得出來？」

胖女人溫柔笑道：「因爲我是女人。現在年紀大了，有些後悔當初和阿相結婚沒有孩子。」

「那是他不想生，眞不懂那種混蛋有什麼値得妳懷念？」

「他的高傲和孩子氣，我都很喜歡。」

這時，吳以文端著熱茶過來，女子的心思才從前夫轉開。

「白小姐好。」店員向胖女士恭敬一鞠躬，對於能讓店長客氣說話的貴客，從來不敢怠慢。

「小文，聽說你在調查那案子，我正好是延世相的前妻。」胖女士微笑，毫不藏私，大方歡迎店員問話。

「請問是不是妳殺了他？」吳以文單刀直入，連海聲仰天長嘯，笨蛋沒藥醫。

「也不算錯，他因爲和我離婚而被世人唾棄，但其實是我先說要跟他分手。」胖女人挪了挪尾戒，「我發現我眞的愛上他了，無法接受他和他祕書之間的私情。可我其實比別的女人還能容忍，如果沒離婚，他們或許不會分開。」

「白小姐，我不懂。」

「因爲小文還是孩子呀，有沒有喜歡的對象了？」白小姐有些離題，但婆婆媽媽就愛八卦這個。

吳以文認眞點頭：「知道很多、頭髮很長，綽號『女幽靈』，我是『自閉症』。」

白小姐摸摸店員的頭，表示喜歡人是件値得嘉獎的事。

連海聲在一旁瞪大鳳眸，他竟然完全不知道。

「什麼時候交女朋友？從實招來！」

「老闆說了和師父一樣的話。」店員不懂店長反應爲什麼這麼大，平常對他的生活都是放牛吃草。

「誰管你師父說什麼，那女的是誰！」

白小姐在一旁看得呵呵笑，店長嘴上說不在意，但心裡明明就放著這麼一塊心疼的軟肉。

「學姊……是名少女。」吳以文艱難回話。

「廢話，難道會是男的嗎！叫什麼？姓什麼？父母是什麼人？名下有多少財產？你可別什麼都不知道就跑去跟人家亂來！」

「老闆。」吳以文好不容易才從店長的連珠炮中插進話，「什麼是『亂來』？」

白小姐聞言嗆了下茶水，而連海聲一時間回不了話，尤其吳以文還睜大眼認眞向他提問。

因爲種種緣故，店員跌跌撞撞唸到高一下，心智卻只有年紀的一半，數學成績也只有及格的一半。

白小姐很想看店長如何對孩子進行健康教育，可惜連海聲只是叫店員滾回房裡唸書。

沒多久，吳以文又拿著習作出來，想請全世界最會算計別人的店長「稍微指導」一下破破爛爛的三角函數。

連海聲接過數學的習作本，雙手忍不住顫抖。他發現吳以文不是公式背不起來，而是從最基本的算數就壞得徹底。

「以文，二加三等於？」

「七？」

「啊啊，你給我去杏林那邊把腦袋換掉！」連海聲忍不住崩潰，白小姐樂得大笑。

「老闆，沒有辦法。」吳以文不得已拒絕命令。

店員再次被吼回去寫功課，店長捂著頭痛的額。

「那孩子坦率不少。」白小姐溫柔地說。

「是臉皮變厚了。」連海聲提起紅墨水筆，飛快地修正數學習作的愚蠢錯誤。

「其實，有個人能掛心是件幸福的事。等上了年紀就明白了。」門外來了接送的轎車，胖夫人吃完所有爲她準備的低熱量點心，擁著皮草起身。「如果眞的沒辦法，你會留下他吧？」

「當然，誰會帶個累贅走？」連海聲微微一笑，美麗而絕情。

「早安，咪咪，今天也要努力工作。」

古董店店員的作息總是在清晨六點開始，和床頭長手長腳的貓咪大布偶打完招呼，少年從上鋪跳下，展開一天的行程。

首先，到店長房間恭敬地請安。

「老闆早，起床吃早餐。」吳以文向紅色被褥裡的人兒欠身行禮。

「嗯……」連海聲絲毫不清醒地應了一聲。

然後店員得趁店長在床上掙扎的短暫時刻，前往廚房，繫上貓咪圍裙，煎蛋、揉飯糰、調香料，不見半點早起的疲態，忙得鬥志旺盛。

吳以文把食物裝盤，端到前店的櫃台，不料桃木桌上堆滿連海聲熬夜沒整理的文件，店員只得收拾起店長的殘局。

整理到一半，吳以文停下動作，拿起埋藏在文件中預訂機票的單據，看著時間和目的地，就快到了而且離這間店好遠。

店員深吸口氣，東西放在一邊，繼續工作。只是原本有條不紊的雙手漸漸不受控制，失手掉了好幾個文件夾，低身去撿，撿了又掉。

吳以文蹲在地上好一會，好不容易才把東西堆好。回頭準備中午好友們的便當，想著想著，等到他清醒了要布置飯菜，才發現他做出來的菜清一色都是菜脯蛋。

男孩又發傻一陣子，直到上課時間逼近。

「老闆，我去上學了。」

最後，店員只是垂頭喪氣地去店長房間說掰掰。

「哦……」連海聲翻了身，繼續補眠。

「吳以文，今天怎麼特別沒精神？」

楊中和趁中午休息時間，問候一下前頭要死不活的同學，今天數學老師拿粉筆丟他都沒反應。而他同學只會擺出一張撲克臉，什麼話也不說。

「以文/阿文，我們去吃飯！」林律人和童明夜如狂風一般登場。

又來了，楊中和現在已經能平靜看待兩個校園偶像一前一後地撞開十三班的教室門，全力往吳同學衝刺，用力抱住他們心愛的人兒。

吳以文照慣例從書包拿出便當，被兩人開開心心往外拖去。

三人從教室穿越過操場，林律人一路上頻頻發表對十三班班長的歧視。

「不過是個路人甲，一天到晚糾纏我的以文！」

「我家的小文親親實在太受歡迎了，連男生都不放過——其實我指的是你，阿人。」童明夜親暱摟著吳以文的手臂，肆無忌憚地撒著嬌，就算現在偷啾他臉頰也不會被討厭。

「童明夜，你現在馬上去廁所淹死自己我就原諒你。」林律人板起斯文臉蛋說著惡毒的話，以矜持優雅著稱的「林家三公子」在兩人面前不存在。

「林少爺，我是擔心你往後的人生啊！」童明夜把個頭縮在吳以文左側肩膀以下，讓林律人恨得牙癢癢的，想打又怕傷到他們心愛的孩子。

「乖，吃飯。」到了青草地，吳以文拍拍兩人的頭，順手拉下他們坐好。

吃飯皇帝大，兩名校園偶像決定先休戰一下子。

「今天有什麼好料？」童明夜興奮地問著，早一步打開梅花雕飾的木漆餐盒，米香撲鼻，這個世界就是有人能把白飯煮得色香味俱全。

掀開第二層，天塌下來也管它去死的陽光少年和林家三公子，眼睛都死盯著菜色，期待的臉色化為死灰。

「阿文，這是什麼？」童明夜指著黏在盒底那十多片漂亮光澤的菜脯蛋。不是蛋不好，而是只有蛋的時候很不好。

「以文，我不喜歡吃菜脯。」林律人為難地抱怨，他記得他說過，而且確信吳以文百分之百有記下來。

吳以文對兩位好友白吃白喝的哀嚎聲充耳不聞，依然像平時拿出三付餐具，慢條斯理地添飯。

「說實話，明天就加菜。」他正在要脅他們。

「阿文啊，你怎麼可以爲了一個下落不明的傢伙對我們做出如此殘忍的事？我一天的活力就靠你這一餐了！」童明夜抱著人家的大腿，犧牲所有自尊也不要天天只有幾顆蛋可以配飯。

「以文，我眞的不知道。」林律人面帶戚容，聲音輕顫，好像再一個微小的打擊眼角立即會滑下淚來。「我不要吃菜脯啦！」

他們堅信只要一直裝傻下去，吳以文過三天一定會心軟回到昔日豐盛的大餐。別看他那張臉，認識久了就知道其實他很好說話。

果不其然，吳以文轉身拿出巴掌大的保鮮盒，盒蓋的圖案是隻胖貓的遺照，裡面裝著小魚乾和肉醬。光是這樣，兩位哥們就足以感動落淚。

「阿文，我好愛你喔！」童明夜決定獻出一等中學姊們夢寐以求的一吻，吳以文把他嘟上來的嘴用力扳到旁邊去。

「以文，我會回送貓咪娃娃給你的！」林律人趁機撲過來，大少爺的矜持去死，把人家抱個滿懷。

「吃就吃，不要性騷擾。」吳以文被壓在草地上，一副認命的模樣。兩個朋友就是知道他不會抵抗、不會記恨，才敢這樣玩他。

生長期孩子消耗糧食的速度快得嚇人，他們像是擔心下一秒世界就滅亡般吃個不停。提供食物者卻遲遲不動筷，看著兩人發怔。

「小文親親，怎麼啦？」童明夜以慈父的語氣開口。

「沒有下毒。」吳以文回。

「不是這個意思。唉呀，仔細一瞧才發現我們家的阿文好像沒什麼精神？」童明夜把手心貼過去，指尖輕輕拂過吳以文眼眶下不明顯的黑影。

「不要把連海聲的事攬在身上，太辛苦了。」林律人頓了下，猶疑問道：「有突然冒出來的黑衣人欺負你嗎？穿黑西裝、繫白領帶的。」

吳以文搖頭。沒有被欺負，是他以不留下任何指紋的方式用書包扁昏跟蹤者。不過侵入女魔頭的巢穴和惹惱師父倒是在身心受到一定傷害，事後可能逃不過被解剖和山林魔鬼訓練的命運。

「真的不說？」吳以文再次追問。

他們學著他搖頭。

「算了。」吳以文開始有一沒一口，低著頭扒飯。

雖然罪惡感與日漸增，童明夜和林律人的嘴還是像封死的花瓶，閉口不談五年前轟動全國的祕辛，反正最後倒楣的是連海聲。

他們這樣安慰自己。

「老闆，我回來了……啊，咪咪！」吳以文瞬間從店門口飛奔到櫃台前。

連海聲徒手抓著貓咪布偶，勒緊娃娃的脖子，冷冷地看著他慌張的店員。

「我的機票呢？」店長正在進行慘無人道的逼供，店員眼巴巴地盯著每晚都要抱著入睡的咪咪布偶。

「老闆，機票……好像……被狗吃掉了。」吳以文用盡腦細胞扯謊，可惜連海聲聽了他的說明，原本就很生氣的狀態直接轉爲「暴怒」。

「資源回收──」店長宣判咪咪死刑。

「老闆不要，咪咪是老闆送我的貓！」店員繞著他的布偶，著急轉圈。

連海聲雖然覺得很蠢──包括本來就很蠢的店員和他自己，要是現在有客人進門，就怪自己運氣不好，店長一定會殺人滅口。

好死不死，銅鈴響起，門口瀟灑走進穿著類似流浪漢的年輕人。他一手捧著價值不斐的青銅容器，一手撥開長劉海露出清新笑臉，那身寬鬆的上衣和褪色嚴重的牛仔褲都帶有社會邊緣人的奇異感。

「連姑娘好！」年輕人第一句話出來，連海聲就示意吳以文把人拈去十字路口給車輾。

「妳雖然氣色紅潤，但眉頭深鎖，是否有憂愁纏身？」

「文文，認識這個神經病嗎？」連海聲大聲問道，深怕人家聽不到。

「認識，是老闆找祈安哥來的。」吳以文對年輕訪客沒有像連海聲那樣深惡痛絕的惡意，反而帶有對大神一般的敬意。

年輕人朝小店員微微一笑：「小文弟弟，下次來大學找我，只要在大門等就好，我自個會過去的。」

「嗯，好像有這麼一回事。」連海聲捂著額頭，裝失憶來省略開口向年輕人道謝這回事。「把東西放著，再見。」

可是對方不領情，還興沖沖湊過來，眨眼間，把店長手中的娃娃置換成他帶來的白色花束。

吳以文在一旁抱著失而復得的咪咪，對年輕人的敬意又不動聲色升高一階。

「這花是我替妳挖墳的時候順手從墳邊摘給妳的，西洋的花語是『節哀順變』，希望妳能喜歡。」

連海聲捏爛手中的小白花來回應年輕人的盛情。

「祈安哥，老闆不喜歡被當成女的。」

「那曼妙的身形和典雅的氣質，怎麼看都是不世出的美人。」陸祈安被逗笑了，「陸某從未見過比妳更適合短髮的女性。」

「你是看到鬼喔？」聽到完全錯誤的形容，連海聲火大叫著。

聽到這話，銅鈴亂響好一陣子。

「文文，用掃帚掃他出去。」連海聲用力瞪著人家柔情似水的笑臉。

吳以文抓起掃把，在年輕人腳邊意思意思掃了二下，然後把人拉出店面。

「連姑娘眞是容易害臊。」

「老闆的生理構造跟你一樣，娶到會絕後。」吳以文送客送到公車站牌，省得道士哥哥又走丟到某個公墓去。

陸祈安突然盯著吳以文看，淡色的眼珠瞇得只剩條漂亮的細縫。

「對不起，我沒注意到。」他拉起脖子玉珮的紅線，急忙地套在吳以文頭上。「這場五年前就註定的災禍，雖是連姑娘招來，卻是衰到你身上。」

七、編號4 大禮堂

——喂，小爹，你回來了嗎？

——有空嗎？我們一起吃個飯吧？……沒辦法啊，哈哈，沒關係，我知道你不方便，不過累的話，隨時都可以回家來休息，雖然老家又舊又小，但是非常歡迎你喔！

——會不會怪你？……怎麼會？我們是一家人嘛……其實媽媽過世那時候，我是有一點埋怨你，一點點啦，我那時候還那麼小，你們不在我身邊，會走偏也沒辦法；明明媽媽生前一直警告我不准加入幫派，但是我沒地方可以去了。慶中那時候出錢為媽媽治喪，我就把自己賣進去，很白痴對不對？我到後來才知道媽媽的車禍是他們主使……

——啊哈哈，沒事沒事，慶中現在散得乾乾淨淨，我也退幫了，自由之身，一等中體育推薦班最帥氣的隊長大人，全世界靠獎學金過活的學生能有多少？你兒子眞是超了不起的，就算沒錢也可以偷偷去阿文那家店蹭飯。你知道阿文他老闆吃得有多好嗎？我光是分到一點菜尾都快哭了。

——所以，小爹，你千萬不能動阿文喔，他是我的好朋友，也是救命恩人，有他，你兒子才有今天。那時候慶中發神經叫我去綁架律人小王子，好在我們兩個遇到「老闆不在，不想回店裡煮飯在學校逗留」的小文文，義不容辭地救了我和律人兩隻流浪貓。

——而連海聲……唉，雖然我想叫那個虐待小貓咪的巫婆店長去死一死算了，可是他是阿文的心頭肉啊，你開一槍在連海聲身上，等於把阿文的心打了兩個洞。連海聲出事的話，阿文會很難過，所以也不能碰連海聲半根毛，不能對那家店出手就是了。

——小爹，拜託你了，我這輩子只求你這件事。

結束一整天的課，楊中和伸個大大的懶腰。今天他是值日生，所以放學後得留下來掃教室。

楊中和環視一下十三班的室內環境——窗框都是灰塵，玻璃都快變成霧玻璃，黑板槽堆著積沙成塔的粉筆灰，地上還有紙屑、餅乾屑、橡皮擦屑。他們班上的整潔成績再墊底下去，導師總有一天會用數學小考宰了他們。

但等楊中和拎著兩條濕抹布回來，豬窩突然變得一塵不染，小精靈出現了嗎？

「班長，掃好了。」背後響起那種死不瞑目的低沉嗓音，楊中和尖叫一聲，才發現同班同學的死人臉，吳以文剛好掃完地上最後一抹塵土。

「好厲害，你是不是受過什麼特別訓練？……不對，怎麼會是你？今天是九號和十一號，你的班次明明是大後天……」因爲衛生股長是個可愛又不負責任的女孩子，這種雜務都是楊中和班長負責安排，記得清清楚楚。

吳以文一手熟練地拿著掃把，一手從上衣口袋掏出便條紙。楊中和皺著眉，接過去看。

——自閉文，我們今天有事，你最好留下來幫班長掃地。

「『十一、十三、十五、十七留』，所以輪到我。」吳以文多解釋一下，因爲楊中和已經把紙條揉爛了。

「你有在打工對吧？」楊中和皮笑肉不笑地說著。

吳以文點頭。

「所以我把你排在中午清掃，記得嗎？」

「記得，可是只剩班長一個人。」吳以文像是恍神般說道。

楊中和突然好想哭，他被一個自閉症同情了。

算了，掃了都掃完了，十三班班長嘆口長息，開始收他的書包。

「班長。」吳以文抓住對方手上的黑色前扣式書包，楊中和納悶地回望。「數學筆記借我。」

「你該不會爲了借重點整理才留下來吧？」楊中和就知道人生是現實的。

「全部不會。」吳以文發出莫名的感嘆，然而楊中和覺得該嘆氣的是數學老師才對。

「後天就期中考了，你沒救了。」楊中和好氣又好笑地潑他冷水。

「我沒有辦法像班長一樣在十五天前開始倒數考試日期。」吳以文翻開筆記說道，上面有數字和鉛筆劃過的痕跡，還有「必勝！進入校內五十名！」等字句。

「啊！我的全勝筆記怎麼會在你手上！」楊中和伸手去搶，可惜踮腳尖還是搶輸人家。

「借我，班長最好了。」吳以文記得老闆說和同學相處要「先禮後兵」（錯）。

「只有女孩子可以向我撒嬌！還有你能不能有點表情變化！」楊中和眼睜睜地看著他的筆記落入惡人手裡，對方兩顆黑亮的貓眼睛還直直望著他。「好啦，明天早自習要還我。」

「班長，還有一個課業以外的問題想麻煩你，晚點回家可不可以？」吳以文說著，從自己的書包拿出一大包星星水果糖，手工製，當作賄賂。

楊中和衡量著利益，指導別人多少能加深印象，反正他都溫習得差不多了。

「什麼課業以外的問題？」

「你認識『延世相』嗎？」

楊中和露出古怪的表情，像是吳以文問出三角形內角和是不是等於一百八十度的蠢問題。

「我知道。」

「好！」吳以文自認得到當事人應允，把人抓了就走。

「喂喂喂，你拉我到學校倉庫幹嘛？」楊中和被同學手牽手走過大半校舍，丟臉是一回事，途中還遇見校園偶像，就是常常來十三班來討飯吃的那兩個帥哥，竟然用哀怨又暗藏殺意的眼神瞥了他一眼，還可以一轉眼就跟吳以文笑著說「掰掰」。

吳以文讓楊中和在外面等一下，潛入小倉庫裡頭牽出一輛腳踏車。

「班長的父親是了不起的建築師。」吳以文沒頭沒腦地提起對方的家世。

「不算建築師，我爸只是個裝潢師父。」楊中和忍不住嘆息，比起班上一堆千金少爺，他的背景根本上不了檯面。「我不懂室內設計，不過我老爸好像還眞的滿有才華，那個爆炸案禮堂重建人家全委託他去做。我那時候還在唸小學，回家都幫我爸送便當過去，我幾乎是在那裡頭玩長大的，每一根梁柱都一清二楚……」

吳以文將校規規定的安全帽拋到楊中和手上，十三班班長呆在原地，還沒驚覺接下來殘酷的命運。

「班長，那就麻煩你了。」吳以文仔細地把兩人的書包在籃子上捆好，把楊中和推上腳踏車後座，然後俐落地跨上駕駛座。

「什麼麼麼——！」楊中和來不及尖叫，腳踏車已經飆開速度，飛駛出一等中校區。

銀白色自行車飛梭在傍晚的車陣之中，那是三十年前本國 J. 廠商設計出的傲世作品，流線型車形不僅給人視覺上的優雅感受，還可以把風阻降到最小；輪胎抓地力可以俯衝三十度斜坡；最得意的配件就是前方的腳踏車籃，只要用同公司出產的特殊繩索固定，即使是時速兩百的砂石車全力衝撞，籃子也不會有絲毫損傷。特別聲明，只有那個小白車籃會沒事。

唯一的缺點，它是僞裝成淑女車的越野車，絕對禁止乘載寵物及人類。安全帽只有一頂，腳踏車騎士請務必戴上。

交通警察好像看到什麼東西「飛」上天橋，一眨眼即消失無蹤。天橋的路人沒那個運氣可以當眼花算了。旋風掃過，他們只抓得住驚鴻一瞥，那頭烏黑短髮絲絲飛揚，而後，灰塵與驚叫又隨旋風橫掃下橋。

「媽呀呀呀——！」楊中和後悔莫及，可憐的嗓音已經叫啞了，嘶吼中夾著嗚咽聲，腦海不停盤旋上個月鄰居家見到的「英年早逝」花籃標語。

「班長，說話會咬到舌頭。」極速之中，吳以文以正經還冷靜到要命的神情轉頭過來交代一下行車安全。「左邊是大道，右邊是捷徑，班長要哪一條？」

楊中和咬緊嘴唇，不讓淚水飆出來，可是他死也不要去抱前方會隨時站起來的修長腰身。

「混蛋，放我下去！」

「好，右邊。」吳以文身體往右偏去，自行車拐向狹窄的暗巷，兩人並行都很困難，更何況某台加速中的腳踏車。

「挾持同學啊！」楊中和發現吳以文根本聽不進他的哀嚎，而且絕對是故意忽略！他下次一定會陪老媽去拜拜，拜託舉頭三尺眾神明，讓他平安回家！

「班長，過了這關，你就是男子漢了。」可能因爲吵得不得安寧，吳以文出聲敷衍一下被他拐來的同班同學。

「完全聽不懂！……噗！」前方襲來內有液體的紅白塑膠袋，吳以文偏頭一閃，輕鬆躲過，塑膠袋因而撲向楊中和無辜的臉。「好噁心！」

「班長，請不要擦在我衣服上。」吳以文無情地說，不過讓楊中和最害怕的是對方竟然爲了掏手帕給他轉而單手控車。

「抓好！我不想死啊！」

吳以文只好把注意力從客人轉回前方。

「喵、喵？」前方二十公尺處，小貓咪咪叫。

「啊，有貓。」吳以文平板地驚訝一聲，楊中和的惡夢已經到來。

腳踏車又開始加速，他感到車子正在拉高整體重心，雙腿漸漸遠離地面，楊中和瞳孔放大到最大值，看著車輪馳騁於垂直地球表面的大樓牆壁。

啊啊啊，頭好暈，好想吐。

楊中和驚魂未定，吳以文卻又出聲警告了。

「啊，有狗。」

媽的！別又來了！

暮色已沉，他們來到僻靜的街道，自行車停在斑馬線前等綠燈。吳以文低頭看了下手錶，指針和預定時間相差無幾，應該來得及趕在店長下班前煮好晚飯。

楊中和知道這是跳車的好機會，但卻不曉得這裡是哪裡。他完了，他這麼一個大好青少年就要被鐵馬載去賣掉了。

「班長，延世相是什麼人？」吳以文問問題來打發時間。

「他是政治人物，也有從商。」楊中和自暴自棄地回應，「不過好像因爲國籍不明的關係沒有眞正出仕，但是權傾當朝，明白嗎？」

吳以文輕輕點了下頭。

「延世相很年輕的時候就在政界活躍，二十三歲就被外國人封爲本國地下財政部長，外交在他的主導之下算是近五十年的全盛期。白總統當選，他馬上變成總統的女婿，然後總統下台，他就立刻離婚。我媽一直說他是個狼心狗肺的東西，可能總統女兒很對她的眼。他經營事業不是業餘的那種，跟大企業家有得比拚。十大財團，他是八家的常任顧問，第二任妻子就是國內第一財閥的獨生女；不過吃光老婆家的底，他又離婚了。我爸一直很羨慕他。」

「嗯。」吳以文聽著，錯過第二次綠燈。

「可是他就敗在第三次婚姻，連命都丟了。娶林家的女兒，婚禮祕密進行，沒有記者探到風聲，也因此躲過一劫。案發之後，整座禮堂化成廢墟，沒有活人。事後，我爸承包到重建禮堂的工程，他看過事發現場，一直說什麼奇怪、非常奇怪……」

楊中和聽父親喃喃自語五年多，也不是不想親身調查那椿懸案。這時，頭上綠燈亮了，他推了吳以文一下。

「走了。」

「原來班長不是讀書就好的人。」吳以文總算肯正常騎車，慢慢踏著自行車板。

「我才不是書呆子！自閉症！」死讀書的人最討厭別人說他們死讀書。「延世相很有名，十歲以上都聽過他的名字，這沒什麼、沒什麼。」

楊中和總不能說從小就喜歡研究國內外大事吧？哪個高中生會把這種無趣的事當興趣？

「明夜和律人就不知道。」迎著輕風，吳以文非常小聲地咕噥一句。「班長，頭低下來。」

「什麼？」楊中和還沒享受完夜晚的清涼，暴風雨前的寧靜已經結束。

街道兩旁有人三三兩兩過來。楊中和的眼鏡早就被吳以文拔去書包放好，視線模糊，可是總覺得對方不太像路人甲乙丙。

腳踏車倏地急起直飆，四方逼來的腳步沒有絲毫停歇，反而快步追上。

「班長，來談談未來的志向。」吳以文嘴上這麼說，眼睛卻緊瞅著這些埋伏出擊的前哨部隊，目測對方手上的金屬長棍可以一擊打爆人的腦袋。

「我只想說你今天話很多！」楊中和只能死命抱緊腳踏車墊，心跳快超過身心健康的十六歲男孩可以負擔的極限。如果剛才只是遊戲，那現在的氣氛鐵定叫作「危險死了」！

「從前從前，有家古董店，一半是黑貨，警察不敢查——」吳以文一邊唱著，皮鞋已經離開踏板。

在他們前方埋伏的男人，起手揮下棒棍。

「爲什麼會變成唱歌！……啊啊，你在幹什麼！」這一刻，楊中和在心中發誓，如果有命回去，他會去楊家列祖列宗磕頭謝恩一回。

腳踏車偏離原先行駛的直線，猛地右轉。楊中和看著這位和自己同年的少年，雙手緊握把手，將雙腳淩空往左邊男人掃去，男人閃過一腳，卻閃不過夾擊過來的另一腳，扭住脖子，用力往下一甩，男人應聲著地。

所有動作只在一瞬之間，楊中和才知道警匪片和武俠片都是眞的。

「說話比較不容易緊張。」吳以文跳回到原位，接續楊中和之前的問話。

「我完全看不出你哪裡緊張了！」楊中和還沒罵完，又是一聲淒厲的尖叫，腳踏車在超高時速狀態緊急煞車，前輪揚起，左右甩動，打飛試圖靠近他們的人馬。

楊中和閉上眼睛，聽著腳步聲不停靠近。他家很窮、他家沒錢、他還有爸爸媽媽阿嬤要養、他還有從小立定的夢想，他不想死！

等乘客默哀三十秒後，腳踏車重新運轉於柏油路上，楊中和才睜開眼皮，那群圍過來的壞人不見了。

吳以文努力把某個東西往口袋塞。一等中制服什麼都好，好看、耐洗、拿來炫耀，就是男生的格子長褲太緊，褲袋除了零錢、衛生紙很難放進其他東西，像是巴掌大的手槍之類的……

楊中和伸出的手指不停顫抖：「那是什麼？」

「因爲不小心洩露商業機密，拿來滅口。」吳以文最後把槍擠進車籃裡頭。

商業機密：有家古董店，一半是黑貨，警察不敢查。

「那是眞的嗎？」楊中和的視線緊盯著露出籃子的槍管，不停大口呼吸。

「班長別擔心，我只是普通學生。」吳以文說。同時間，自行車已行至圓頂的建築物前，到達目的地。

「我已經不相信你了！」

經過一番生死交戰，楊中和總算踏上熟悉的土地，立刻跳離腳踏車和車主三步遠。

「小銀一號，幹得好。」吳以文鎖車的時候，順手拍拍自行車的坐墊，慰勞一下車子的辛勞。

「老實說，你是不是哪裡的傭兵混進一等中唸書？」楊中和認定這位同學和恐怖分子絕對脫離不了關係。

「好久沒有騎小銀二號，眞想它。」吳以文完全答非所問。

兩個男孩來到城堡式的琉璃拱門前，從兩扇緊閤的透明門板往裡望去，長廊盡頭是無盡的黑暗。大門中央手把上方裝設紅色方形機器，看機器上方的凹槽，就知道出入需要辨識身分的通行證。

「好了，這不是一個高中生能進去的地方，放棄吧！」楊中和力勸吳以文在犯罪事實發生前收手，哪知道吳同學竟然給他搖頭。

吳以文從口袋抽出晶片卡，直接刷下去。

天啊，門竟然開了！楊中和驚叫不已。

「班長好像是多餘的。」吳以文看著楊中和，思索其中複雜的利益關係。

「是是，那我可以回去了吧？」楊中和心想回去一定要向老爸抱怨那是什麼爛門。

「可是學姊沒給設計圖，帶路。」吳以文逮住楊中和的手臂，一把將他拉進幽深的建築物裡。

當吳以文從書包拿出手電筒時，楊中和徹底明白這個小子今天是有預謀來陰他。每一條路的盡頭總有三個選項，而不同通道卻有相似的擺設，就是座華麗的迷宮，好在小時候來這邊玩到膩，不然怎麼死的都不知道……嗚嗚，他好像就是因爲知道路才被抓來這裡。

後面的手電筒忽明忽暗，楊中和不禁從哀怨中回神過來：「沒電了嗎？」

「摩斯密碼。」吳以文說，燈光繼續像小星星一閃一閃。「翻譯：去大禮堂原本的禮堂。」

「我哪知道啊！你直接用嘴巴說不就好了！」楊中和又餓又氣，含淚拐了兩個彎，三個門入口選了最左邊一個。

吳以文突然輕點楊中和右肩兩下，害得十三班班長又叫得花容失色。

「班長，墊胃的點心。」吳以文把一袋小西點拎到楊中和面前。

「你這傢伙……」楊中和發火的衝動在看到巧克力小貓餅乾的之後熄滅五成，他們一家人都無法抗拒甜點。「哇塞，這個好好吃，你在哪裡買的？」

「我做的。」吳以文微微抿住唇，每次被國文老師誇獎也是這個樣子，楊中和知道這是他同學得意的表情。

「你真的很厲害，長得不錯，體育又強，除了數學，其他科沒什麼唸成績也過得去。」

「班長，我有認眞讀書。」

「少來，你習作本全被貓咪插圖給占滿了。」身爲班長，有時候也會義務幫各科老師改改家庭作業，要不是那些貓畫得很可愛，他早就全打零分了。「而且音樂、美術各科才藝幾乎都有一定的底子。你如果能開朗點，絕對很受歡迎。」

「班長，原來你一直都在注意我。」吳以文點出楊中和不想承認的事實。

「才不是，我只是……有點羨慕你，你很特別。」

「我也很羨慕班長。」

楊中和聽了，忍不住訝異，轉頭去看他同學的臉。

「班長有一次打籃球撞到頭，躺在保健室裡，班長的爸爸、媽媽和祖母都來看班長。」吳以文垂著橄欖圓眼睛，楊中和也覺得那雙眼長得好看，只是少了一點動人色澤。

「那是老師太大驚小怪了。對了，謝謝你那時候把我扛過去。」楊中和很早就認知到自己四肢不協調，球場上常常吃癟，才會鬧出大笑話。

結束話題，他們繼續往目的地前進。楊中和想了一會才明白他同學想表達的意思——好羨慕他有家人。

楊中和呼出一口長息，導師會特別教他盯著吳同學，也是因爲這個原因。

明明戶籍上的住址離學校不遠，卻一個人在外頭打工過活，問他爲什麼卻死也不說，逼得耐性不好的數學導師大發雷霆，而國文老師循循善誘，也只得到「住在店裡，店裡有老闆」這種回應。

楊中和拉開沉重的門栓，映入眼前的是簡樸的小教堂，一排排木色長椅延伸到木造禮台前。銀輝灑落滿地，抬頭望去，近十公尺高的水晶圓頂好比蒼穹，天上的星月都一清二楚。

「真可怕，一模一樣。」楊中和倒吸口氣，踏上中央紅毯，緩步走向禮堂中心。

吳以文沉默地打量著四周，才跟著走過去。

楊中和情不自禁，哼起結婚進行曲。

「班長，回魂。」吳以文記得溫柔的道士哥哥說他八字很怪，叫他不要晚上到郊外散步。

楊中和轉身朝吳以文笑著，和平時應付同儕的笑容很不一樣，臉上泛著難以形容的興奮。

「你知道嗎？這裡和五年前爆炸現場一模一樣，日期也應該是今天沒錯，長椅坐滿捧場的政要人士，但真正的高層卻一個都沒有出席。以延世相的眼力，應該察覺到不對勁才是，但他平步青雲，一路以來都一帆風順，現在正是他最得意的時候，娶了望族林家的女兒，聲名事業又會更上一步，所以他輕忽了……」

楊中和沒有絲毫停頓，一口氣說完他的推論，吳以文仔細聽著。

「你想像一下，那位魅力十足的男主角站在那邊，對，牧師的右手邊，但那個不是眞正的牧師。事發之後有人查到原本要邀請的本尊已經出國到澳洲；然後我們美麗的女主角——也是再婚，聽說林家樂見這門親事，但反對聲浪也不小。牽著新娘的只是她的奶母，林家沒有重要人物出席，一個都沒有。很明顯地，這是一場陰謀。」

楊中和說得眉飛色舞，彷彿人物正在眼前上演，自我陶醉一陣子，才赫然驚醒。

吳以文由衷地鼓掌：「班長說得好，我想到屍骨無存都想不出來。」

「這是讚美嗎？」楊中和從來沒在人前這麼表現，只能佯怒掩飾羞怯。

「然後？」吳以文期盼地追問。

「然後就爆炸啦！」楊中和沒好氣地說，「聽說新郎新娘手上都沒有戒指，可能案發就在交換婚戒之前。至於新郎，有個傳言鬧得很大……」

「沒有新郎的屍體。」吳以文接續道。

「沒錯，法醫——那個法醫後來改行作整型醫師——說是新郎靠近爆炸中心，都炸成碎屑和其他屍骨黏在一起，加上後來下大雨，沖走不少肉屑，以現場DNA鑑定爲準。爆炸兩天後，警方才封鎖現場，很詭異吧？然而更詭異的地方……啊！」

「是什麼？」吳以文的眼睛放大十倍逼近，楊中和總算發覺無人大型建築物的恐怖氣氛。

「就、就是工人搬開最大一片屋瓦，三個人大，底下竟然有一塊非常清晰的人型白印。我爸說，就算眞的靠那塊防熱墊片而不被炸爛，可是如果沒有緩衝的東西在，人也一樣會被壓爛……」說到這裡，楊中和開始哆嗦起來。

吳以文的臉色跟著不對勁，死人臉重重皺起眉頭。

「吳同學，怎麼了？你、你是不是感應到什麼？」

「班長，有後門嗎？」

「有，問這個幹嘛？」

「一、二、四、六、九、十一……」

「你不要突然數數！」

「完了。」吳以文平靜地說，「班長，趴下！」

槍聲響起。

手電筒滾了兩圈，停在前方角落，一閃一滅。楊中和抱著腦袋，蜷成一團。前一刻，他被吳以文用力打趴在地上，耳邊呼嘯過尖銳急促的風聲，而後四周響起撞擊聲響，就像工人在地板打釘一樣。

等他鼓起勇氣張開眼，一股腥鹹的氣味先侵入鼻梢，一等中那件白襯衫映入眼廉，吳以文倒在他指尖可碰觸的邊緣，鮮紅在白色制服上蔓延開來。

「喂，你怎麼了……」楊中和微弱地問，可是沒有聲音回答他。

月娘被烏雲遮掩，禮堂跟著被夜色掩沒在黑漆之中。楊中和全身發軟地爬近他同學倒下的身軀，試著搖動一下對方，不料卻摸到濕黏的液體，溫溫熱熱……

他嚇得屏住呼吸，腦袋一片空白。

雲層掩沒月彎，禮堂陷入伸手不見五指的深黑色，安靜得可怕。後方隱蔽的高台上，幾抹影子晃動，夾雜人類的私語聲。

「叩」，子彈再次上膛，今晚不會有小孩走出禮堂的大門。

吳以文猛然坐起身，銀槍托在雙手，一連往高處的觀禮台連開五槍。楊中和看著要死不活的同學睜著要死不活的眼，兩人對望一秒。

「跑！」吳以文大喊，拔腿狂奔之中，楊中和被他同學拖著掃地板，皮鞋差點就飛出去。

背後傳來機關槍掃射的聲音，目標不是底下的兩人。吳以文爲了不同於剛才的嘈雜槍聲頓了一下，又繼續邁步逃離大禮堂。

「瞄準腿。」黑暗中，狙擊手冷聲地說，但卻無法實行動作。

「砰！」同是黑暗中，有人發出誇張的聲音，隨即各個位置槍手的大腿上都冒出一個血洞，眾人發出慘叫。

「誰！」

「唉呀，我都浪費這麼多力氣展現本人絕世的槍法，竟然認不出來？」一身黑的男子站在天主像正前方，亮了亮他寶石黑的愛槍。

那種讓人想掐死的痞子口氣，聽過一次，一輩子都很想把槍口對準他。

「闇！」

「別這樣喊我名號，活像罵髒話，壞壞。老子被你們害得收手五年了。林家的尾款還沒收到，我的可愛目標怎麼可以死呢？討厭。」黑衣殺手開始裝可愛，即使檯面上是一把槍對十把。

「你！」

「十秒，走還是死？」黑衣男子依然談笑風生。

十名凶狠的槍手同時咬牙切齒，緊接而來一場激戰。

兩名高中生模仿壁虎，正在建築物室與室的夾層間隙螃蟹走路。

楊中和無法不去看吳以文脖子上的血流潺潺，對方制服衣襬還滴著一滴滴血水。

「想辦法止血啊你！」

吳以文只是加快往出口的腳步，臉龐褪下血色，喘息的頻率慢慢拉長，抓緊楊中和的指頭也漸漸變冷。

「要快點回去……煮飯……」吳以文斷斷續續說道，心心念念都是店長的晚餐。

「爲什麼會發生這種事！」楊中和再也受不了，現在他應該和老爸、老媽、阿嬤一家和樂地享用晚餐，不是在這個鬼地方被歹徒追殺！

「班長，哪邊……」吳以文指向第七個不吉利的岔路，楊中和既不爽又用力地比向右邊，順著視線又看見吳以文拿著的手槍。

「你不是說它是假的？」楊中和徹底失去對社會治安的信心。

「班長，被騙了。」

死板的聲音夾雜一絲愉悅感，這不是尋常人該有的反應，楊中和所有寒毛同一時間豎起，退開吳以文三大步。直到持槍少年往上踹飛連接腳踏車停放區的通氣孔蓋，他都不敢再靠近對方分毫。

吳以文帶著一身血跡斑斑把愛車牽出來，似乎認定危機解除，把書包和槍從容不迫地塞進車籃裡；看向一邊抖得像隻落水雛鳥的同學，他輕聲地表示願意提供精神補償。

「班長，上車，載你回去……」

這句引爆點一出來，楊中和再也忍受不住，放聲大哭。

又是一路無視交通安全的加速，腳踏車騎士發瘋似地橫掃半個市區的街道，總算來到房舍緊鄰的一般住宅區。

楊中和雖然回程一個字都沒叫，但踏上地面雙腳根本站不穩的他，也差不多快尿失禁了。

吳以文幫眼睛還沒對焦的班長按了門鈴，就回頭跨上自行車。

楊中和用他僅存的力氣打開溫暖的家門，又轉身叫住就要離去的同學，他沒有辦法把疑惑放過夜去睡覺。

「吳以文，你都不怕嗎？」這場槍擊事件從發生到現在，他找不到對方應該表現出來的恐懼。

屋裡趕來的女人、老奶奶打斷問題的答案，楊中和被她們拉進屋內，裡頭的男人罵了幾句。

吳以文看著平凡的房子發怔，久久無法移開視線。

銅鈴清響，吳以文拖著無力的腳步回來了。連海聲忙著審閱資料，看也沒看店員半眼。

「查到什麼了嗎？」

「不清楚。」吳以文低聲致歉。

「真是個廢物。」連海聲刻薄的話脫口而出，「我快餓死了，快去煮飯。」

「老闆，今天吃咖哩可以嗎？」吳以文判斷一下身體狀況，可能煮不出滿漢全席。

「勉強接受。」連海聲不耐煩地把店員揮斥下去。

等了比往常還要久的時間，服務生才托著銀盤出來，咖哩醬燉煮成紅艷的血色，香氣十足，可是店長看了就倒胃口，生氣地叫吳以文重做。

吳以文再三道歉，端走惹店長不高興的南洋料理。

連海聲揮了揮鼻子，有股噁心的血味在他鼻間停滯不去，加上他肚子餓，心情惡劣到極點。

等了又等，店員卻再也沒消沒息，像是死了一樣。店長和他的胃終於忍受不住，跑去廚房罵人。

「笨蛋，你到底在做什麼……」連海聲的吼聲一到廚房外邊，瞬間靜下。

吳以文橫倒在白瓷地板，動也不動地，血流一地。

八、編號5　老闆

吳以文沉沉作了一個夢，然後驚醒過來。

他呆滯地看著他所處的空間，白色天花板、白色床單，「叩」地一聲，白色門板開啓，走進一名白袍人士，笑著告訴他：我們來做實驗囉！

那是夢。

「呵，我們來做實驗吧，小貓咪。」白袍女人笑著說，這是現實。

男孩的記憶不禁混亂起來。

「你肚子卡了一顆子彈，你沒有就醫還劇烈運動才弄得大出血。子彈我拿出來了，所幸沒傷到內臟，我來給你換紗布……你拿針頭抵著我喉嚨是要做什麼？我可是你的救命恩人。」華杏林嘴上斥責著，神情卻很悠哉。

吳以文因爲強行拔掉點滴管，手臂血流不止，但持針的手不敢有一絲鬆懈。脖子的刺痛感益發強烈，眼看就要見血了，華杏林撇撇嘴，只好退個兩步把飼主召喚過來。

「連大美人，快來抓你的小貓咪——！」

華杏林喊得全醫院都聽得見，連海聲不得已捧著冷掉的咖啡紙杯，從長廊角落姍姍來遲。

吳以文見了連海聲，情緒明顯穩定下來，鬆開手上的針頭，直接從病床栽倒在地。

連海聲哼了聲：「廢物。」

吳以文不顧疼痛，掙扎起身，在連海聲面前蹦跳走圈，顯示自己安然無恙。連海聲眼神瞥向他傷處，他就趕緊拆下繃帶，原本幾乎貫穿腹部的傷口，只剩下一塊錢幣大的癒合痕跡。

華杏林忍不住嘖嘖稱奇，比幼年期的再生能力更強了。那個身體似乎能因應傷害而強化，實驗的價值也更高了。

「老闆，我好了，會做很多事，什麼事都會做……」

「剛好，就趁這個機會挑明，我不要你了。」

吳以文聽了呆站在原地，華杏林看不過去，推了連海聲一把。

「他現在記憶很亂，你別讓他連結到傷痛區。」

「那又如何，憑什麼我得爲了他的人生負責？我已經照顧他好幾年，也算仁至義盡。」連海聲幾乎不相信這麼虛弱的聲音是由自己口中發出，看吳以文這模樣，他比誰都折磨。

連海聲轉身要走，衣襬卻被人從身後拉住，他還沒來得及甩開，吳以文就放開了手。

一個本來就不太說話、一個平常的伶牙俐齒全失了水準，兩人沉默地對站著，直到醫生清咳兩聲。

「海聲，我要養，給我養吧！」華杏林燦爛笑道。

連海聲臉色垮下，再怎麼不濟，他也不會把店員交給變態實驗狂大夫。

「妳出去，這裡不需要妳。」

「可是，萬一他發作，新仇舊恨，對手無縛雞之力的你動手……」

連海聲冷冷看去：「他不會，少操這個心，快滾！」

華杏林吹了聲口哨，慢步離開病房，留下主僕兩人。

「文文，過來。」連海聲招呼著，吳以文遲遲沒有動作。「給我過來！你非得我下令叫你去死，你才甘心嗎？」

吳以文輕輕地搖頭，他好不容易才倖存下來，不想死去。可是他活著，就只想待在連海聲身旁。

「你不用找了，是我不該利用你去引開監視者的注意，我從來就沒把你當一回事。」

「老闆，我沒有關係。」

「差點死了！怎麼沒有關係！」

「還活著，我會把血洗乾淨，不會把你弄髒。」吳以文討好地說，卻換來連海聲痛苦的神情。

吳以文以爲自己又犯了錯，想退開，連海聲卻低身把他攬進懷裡。他可以爲了計畫犧牲所有，唯有這個不行、不可以。

這五年來，連海聲始終不願意和吳以文太親近，有緣無分，怎麼看結果都會後悔莫及，但或許早在他把這孩子抱離大雨的那一天，就已經來不及了。

隔天，吳以文醒來，沒了白袍和美人，床邊倒多了一頭披垂的長髮和一台隨蒼白十指喀答作響的筆電。

要是平常人早尖叫了，以爲是醫院幽魂索命；而吳以文只是撐起康復大半的身體，伸手把那頭四散的長髮綁成兩條可愛的麻花辮。

「你還沒死呀？」陰冥以冷笑代替對方從鬼門關回來的第一聲招呼。

「謝謝學姊揹著電腦、走過四條街來探望我。」吳以文雖然還是面無表情，但很慎重地朝陰冥眨了一下眼。

陰冥敲鍵盤的手指頓了些會，冷淡地瞧著得寸進尺的古董店店員。

「我只是可憐你而已。」陰冥拂開遮頭遮臉的長劉海，稍微露出底下秀麗的容顏，但她一看到螢幕反射的這張臉就討厭，又把五官全遮起來。

「學姊就算知道我是垃圾，還是願意可憐我。」吳以文滿懷感激。

陰冥聽到他理所當然地說出這種話，不禁垂下長睫。

「你，頭過來。」

吳以文聽話地把腦袋湊過去，然後被陰冥揪起耳朵，用力搥了兩下笨頭以示教訓。

「下次不准再隨便貶低自己！你要是垃圾的話，連海聲不就是拾荒老人？」

「老闆就是老闆！」吳以文趕緊澄清，但也只有陰冥聽得懂他想澄清什麼，古董店最高貴漂亮的店長，絕不會因他沾染上塵灰。

「隨便你，你不敢得罪他就永遠別想知道眞相。」陰冥自認給的提示已經太多，吳以文調查成果不彰是他腦袋太笨的問題。「只是因爲你吃了顆子彈，我金盆洗手的媽咪又把她珍藏的傢俬拿出來，家事做完就笑咪咪擦著槍，她很久沒那麼生氣了。」

「阿姨眞好。」吳以文默默握緊十指。

「你才知道？有空就多來找她玩，她眞的很喜歡你。」陰冥輕拍吳以文的頭髮兩下，就像個大姊姊對待鄰居家的小弟弟。

「學姊也很好，我會想妳的。」吳以文把腦袋橫在電腦邊，試圖代替滑鼠的位置，讓陰冥能夠順手地多摸幾下頭。

陰冥咬著下唇，好一會才嘆息般，罵了聲「笨蛋」。

下一組訪客是小帥哥和美少年二人組，一等中三大風雲人物之二，當他們捧著花束、淚眼婆娑來到病房，三位齊名的校園偶像也就全湊齊了。

「阿文親親～」

「以文心肝～」

兩個少年一左一右抱著古董店男孩痛哭失聲，身爲傷患的吳以文還得翻找手帕衛生紙，擤乾好友們的鼻水。

「明夜、律人，我沒事。」吳以文左右雙臂張開攬住兩人的肩，三個人一起輕晃起來。

「都是連海聲的錯，叫你做這麼危險的事！」林律人忿恨不平地說。

「阿文，你老闆不會照顧你，你也要照顧你自己呀！」童明夜也對連海聲失望透頂。

吳以文停下動作，把手收回來。

「我要去南洋，當土著貓，把魚骨頭綁在頭上。」男孩一臉認眞做出極度謎樣的發言。

好在童明夜和林律人至少聽得懂「去南洋」三個字。

「以文，不是說好在一起了嗎？你怎麼可以丟下我？」林律人率先發難，眼鏡下的眼眶又泛起水霧。

「阿人，別把話說得像棄婦。阿文，你是開玩笑吧？你去南洋就再也見不到我們和公園的花花了。」

「可是老闆要逃難去南洋，老闆不喜歡南洋菜，我要煮飯給老闆吃。」吳以文狠下心堅持己見，別過頭不去看友人的臉。

童明夜和林律人會意之後，大驚失色。完了，他們長年來對連海聲的詛咒總算見效，但古董店店長走了，古董店店員也不會留下來。連海聲就是吳以文生活的軸心，他的世界只繞著他轉動。

兩人一時間慌亂非常。他們亂七八糟的前半人生是被吳以文矯正回來，即使吳以文本人的日子也不太正常，但只要三個人一起上學、吃午餐、放學後小小瞎晃一陣，就算過去再不堪，也能像其他的高中生一樣享受青春的人生。

要是把「吳以文」這一角挖掉，童明夜和林律人總有一天會掐死對方，他可是他們兩個的制衡點。

「不、不就把延世相找出來就好了嗎？」童明夜情急之下，再也顧不得其他。

林律人想起那個人就忍不住發抖，但還是深吸口氣，看向吳以文。

「我知道！」兩人同時吼出來，又驚異瞪著彼此。

「明夜、律人。」吳以文輕聲喚著，隨即把他們反制在床上。

「阿文，就算我知情不報你也不必扭我脖子啊，啊啊啊！」

「以文，我好痛……眞的好痛痛痛！」

吳以文稍微收了力道，只是把兩人輕壓在大腿邊上。

「你們不知道，只有我知道，要記起來。」

吳以文的話總是跳脫正常思考迴路，但多年的交情也不是騙人的，童明夜和林律人還是明白了他想把事情攬在自己身上的傻念頭。

「阿文，怎麼這麼見外？」童明夜露出陽光燦爛的笑容。

「不是見外，是不想你們受傷。」吳以文艱難地用他有限的語言能力解釋，手一鬆，就被兩個好友撲抱在床上。「會痛，輕點。」

「以文，我是延世相未過繼的孩子。」林律人說完，突然不再害怕過去的記憶。

「而我是嫌疑犯殺手的兒子。」童明夜承認他是殺手之後。

兩人深嘆一聲，早知道說出來那麼輕鬆，就不該有所隱瞞。童明夜和林律人爲了定出先後順序，開始猜拳看誰先說。

連續十五輪，雙方都是平手。吳以文在中間看著剪刀石頭布你來我往，呆呆看著，最後兩個校園偶像決定放棄了，先來揉這孩子的傻臉比較重要。

林律人低聲告白：「我母親年輕的時候和外面的男人私奔，懷了我之後被拋棄，再回到林家生活，精神已經有些歇斯底里。她只想好好打扮，重新嫁給一個體面的男人，好擺脫失敗的過去，包括我。」

林律人不住嘆息，對外他雖然是人們艷羨的豪門林家三公子，但在那個家裡，他的血統總是不純正。一直以來，他只能拚了命表現自己，尋求長輩的認可，把表兄的嘲弄往肚裡吞，小心翼翼地生活著，真的很累、很累。

「好在我本來就很優秀。」林律人憂傷地補充一句，囂張的態度讓童明夜眼眶的水分狠狠擠回去。「想想俊秀的我和可愛的以文站在一塊，真是一對璧人！」

吳以文就要點頭，童明夜趕緊把他的腦袋撈回來，省得這傻瓜糊裡糊塗把好朋友似是而非的求婚答應下來。

林律人把手環在吳以文腰間，任性地抱著不放。他確實比別人幸運許多，至少在家絕不會受到外人欺侮，林家無論如何一定會力保自家人。比起總是三餐不濟的童明夜和似乎少塊零件拼不起來完整生命的吳以文，從小就沒有父親依傍和被母親無視的那點痛苦，並不算什麼。

「我十歲的時候，那個男人來了，佯裝要追求我母親。他的心根本不在我母親身上而是覬覦林家的家業，他和我們前任家主稱兄道弟，也不過是爲了利用林家的資源來鞏固他的地位。」

「卑鄙無恥！」童明夜盡職地痛罵一聲，難得林律人沒動手揍他。

「我很害怕延世相成爲我的繼父，我不想一輩子當他的棋子，他不會拿他僅存的微薄感情來疼愛我。我大伯，也是我現在的養父曾經說過：延世相是那種眼中只有自己的薄情人，所以林家早一步背叛他也是應該。」

「阿人，我可以插個嘴嗎？」童明夜舉起右手掌。

林律人瞪過一眼。

「既然是你們林家害死的，那就快點還我小爹一個清白吧！他因爲這檔事被九聯十八幫通緝，已經逃亡逃了五年多了。」

「明明延世相是那個殺手殺的，林家只是借刀殺人！」

「你就不要幫你家撇清關係了，快點救救我爸爸啦！」童明夜剩下的親人只有那麼一個了，管他是不是黑道傳聞殺人不眨眼的黑暗死神，他心心念念的也只是父親的安危。

「他不回來，你才有安穩的日子能過。你這個混混好不容易才退出幫派，這麼快就想回到腥風血雨的生活了嗎？」

「我當然不想離開你們，只是……」童明夜一直不想提起他老爸的原因就在這裡，關心則亂啊，他不能讓父親的行蹤被人發現。

「明夜。」兩人吵了一陣，吳以文才輕輕插了嘴。

「小文文，什麼事？」童明夜放肆地揉亂吳以文的腦袋。

「不能回去黑社會，老闆說黑道不好。」

「連海聲難得講了句人話呢，我絕對沒有再走江湖路的念頭，否則的話……」

「斷手斷腳。」吳以文鄭重表示，童明夜驚叫一聲。

「阿文，我知道你是關心我，但這個處罰也太重了吧！」

「身首異處。」吳以文修正一下。

「更狠啦，連命都沒了！」

「死無全屍，都被狗吃掉了。」

「阿文，我完全明白這是你想得到最殘忍的死法。」童明夜聽著忍不住失笑，他雖然外表成熟，其實是提早入學，論年紀還比兩人小上一截，能被他最心愛的小文文「全力」關心，感覺很好。

「你最近和天海、丁家走得很近。」林律人總有常人不可得的資訊。

「孩子的媽，雖然口頭上你一直叫我去死，但其實是愛著我的吧！」童明夜必須轉移注意，被林律人狠狠一瞪。「小文，怎麼突然抱住爸爸脖子啊，給我親一個……啊啊啊，原來你是眞的想勒斷我的頭嗎！」

童明夜也很無奈，他爸就是混黑社會的，他的過去也一片黑，黑道現在又缺槍手，就算他想全部斷掉，那些幫派的人卻不打算放過他。

「聽說是我爸斃了延世相，這當然都是聽說，我已經五年沒見過他了。」童明夜揉著好不容易救回來的脖子，把他所知的全攤牌出來。「禮堂爆炸案後，他就完全消失了，警方因此藉口大力掃蕩黑道，各個龍頭老大都覺得這是我爸不對，多少也因爲他之前素行不良。」

吳以文想起陰冥的名單，陰冥特別把殺手括號起來，並不認爲眞能找出這條線索。殺手本身就有太多謎團，也太過危險。

童明夜深思許久，才供出他僅有的祕辛。

「那個爆炸案消息出來，我小爹正好回家休息。我可能記錯了還是他亂講話，可是，他那時候好像對延世相的電視畫面說：『竟然沒死，眞可惜。』」

林律人瞪大眼，這個消息已經達到可以在林家召開緊急會議的標準。

「要是被別人知道他說過這種話，一定會被追到天涯海角。他只有一個人，生活習慣又很差，我不希望他遇到危險。所以，請你們體諒我不說實話。」

「沒關係。」吳以文若有所思。

晚上，為了案子四處奔波的店長，才提著公事包到醫院來看一眼重傷在床的笨蛋店員。

他來的時候，已經過了平常小朋友的就寢時間，床上只有一團隆起的棉被，華杏林說今天有幾個可愛的孩子來探望他，精神狀態還算不錯。

連海聲拉開床邊的摺疊椅，安靜坐了下來。他想回去安安穩穩睡大床，但店裡又沒有人在，也就不想動了。

「老闆。」吳以文翻身過來，其實沒睡。

連海聲冷淡地看著笨蛋，就算吳以文眼睛眨得再多次，他也不會多摸那顆笨腦袋半下。昨天發神經安撫了一個晚上，他今天差點就手抽筋。

「老闆有沒有吃飯？」

「沒有，都是你這個笨蛋害我沒胃口。」難得店長有一句埋怨是真心誠意，而不是隨便遷怒店員。

吳以文鑽回被窩去，窸窣一陣，然後從裡頭提出保溫式的便當籃。

「你溜回去煮飯？」連海聲斜睨過一眼，長睫搧了搧，風情萬種。

吳以文點頭。男孩時時刻刻將古董店店員的本分銘記於心。

連海聲打開包著貓布巾的便當盒，上層的米飯和下層的營養菜色全是熱的，當然，全都是他喜歡吃的東西。他表面上不以爲意地接過吳以文雙手遞來的餐具，然後也不再顧及餐桌禮儀，狼吞虎嚥起來。他大概有兩天沒吃過像樣的食物。

吳以文繼續從被窩裡拿出茶具，下床沖了壺淡茶給連海聲解油膩。

「老闆眞是令我放心不下。」小店員有感而發。

連海聲忙著吃飯，只是用筷子敲了下那顆蠢腦袋。

「你在這裡交了幾個白痴朋友，你師父也調職回來了，留著沒什麼不好，需要任何花費，跟我講一聲就行了。」吳以文和自己不同，他對這塊土地並沒有多大的感情。

「我想留在有老闆在的店裡。」吳以文只是模版式地回答，再問千百萬次都不會改變。

連海聲頭上頂著天大的麻煩，又得應付這個無解的小麻煩；照理平常他聽到這種話都該用鼻頭哼一聲過去，可是他今天、這些年來實在累了，只好正視店員微不足道的心願。

「我是個自私的人。」連海聲垂下雙睫說道，「我絕不讓步、絕不吃虧，常常惹得那些自以為大度的傢伙眼紅，而那些口中說著能諒解我的人，到頭來也只會怪我無情。」

「老闆很好。」吳以文表達不出他心裡萬分之一的情感。

連海聲看著那張清秀卻像是面具的臉龐，心情就更糟了。

「能更疼我一點就更好了。」吳以文咬字清晰地說，橄欖圓眼睛眨了又眨。

「得寸進尺！」

連海聲把碗筷往旁邊一扔，抹乾淨纖長的手指和紅潤的唇瓣後，往自己和床板平高的大腿拍兩下。

吳以文不禁怔了下，這是店長以前召喚店寵的招牌動作，以往只要連海聲這麼一拍，店裡圓滾滾的虎斑貓就會三秒內從隱藏的角落中往那雙迷人的長腿跳上去，舒服地蹭了蹭。

「不要就算了……嘖！」連海聲說完，瞬間，吳以文就把那顆頭迅速置放在他夢寐以求的位置上。

古董店裡的寶貝們總有那麼幾個缺憾，不是年代不明，就是漂亮有餘卻完整不足，店長並不是多在意，只要是展現出來的珍寶對他來說都是獨一無二，包括他膝上這隻賠錢貨。

「文文。」

「什麼事？老闆。」吳以文快睡著了，但還是提起精神應對。

「以前，曾經有個美麗的女人。」連海聲沒頭沒腦地說起故事。

「比老闆漂亮？」

「我這是帥氣，搞清楚！」連海聲自己都不相信自己。「她辦事幹練、細心、待人接物都不失分寸，是打拚事業很好的伙伴。」

「老闆，我會努力的。」努力成為讓他溫柔述說的對象。

「你想代替她還早八百萬年。」連海聲失聲笑道，宛如銅鈴一般。「好了，營業時間結束，小懶貓，回去床上睡。」

吳以文掙扎一會，才聽話趴回床鋪。

「老闆要把延世相找回來嗎？」

「我不是叫你別再管這件事？」連海聲皺起眉頭。

「他讓老闆傷腦筋，我一定要找到他，剁成肉丸子頭……」

「笨蛋。」連海聲伸手推了下吳以文熟睡過去的腦袋瓜。

病房門咿呀開啓，白袍女醫生對兩人投以慈愛的目光。

「海聲，你越來越有好媽媽的榜樣了。」華杏林甚感欣慰。某人今天囉嗦了老半天說沒空理小貓咪，當她把男孩的精神性失眠誇大之後，還不是千里迢迢趕來哄小孩睡覺。

「閉嘴，沒人當妳是啞巴。」多餘又多事的人來了，連海聲起身就走。

「看來，歲月眞的會磨去一個人的稜角。」華醫生湊上前，輕聲在連海聲耳邊咬著不可告人的句子。「要是你以前能多用點心在雯雯身上，她也不會在你面前慘死。」

連海聲用力揮開華杏林試圖撫摸他臉頰的手，只是他盛怒的樣子帶著驚心動魄的美麗，身爲她的得意之作，太令華杏林愛不釋手。

「我要走了。」店長覺得這老女人不嫁掉眞是危害世人。「妳這個分屍變態，不准在他睡覺的時候扒光他，他還未成年。」

「唉。」華杏林眞心惋惜一聲。「像你故意引他在外邊團團轉，好引開林家的注意，才是眞正的壞人。明明我比你善良多了，爲什麼小貓咪都不過來阿姨這裡呢？」

連海聲表情扭曲，他以後會交代吳以文少來這家有病的醫院。

華杏林雙手插著白袍口袋，望著靜立在月光之下的美人，她這個有識之士總得多囉嗦兩句話。

「你手術那時候，就算意識不清，也一直唸著『報仇』兩個字。延世相死了就天下太平，可是卻偏偏被拖累送命的卻是你心頭那抹倩影。」

華醫生一切都看在眼裡，這事結束，作爲連海聲暫時休養地的古董店八成也要跟著結束營業，她可憐的小貓咪。

「海聲，林家的威脅只不過是一個藉口，這世上最想查出大禮堂爆炸案眞相的人，不就是你嗎？」

九、林家大少

林家本宅，大廳——

「真糟糕呀，沒想到延世相還沒有死。」

寬敞的亞麻布沙發上坐了兩個人，一個是俊逸中帶點嫵媚的年輕人，另一個則是國中生似的娃娃臉少年，都是家主繼承戰中的林家才俊候選人。

「律品，這的確很糟沒錯，可你一臉開心是什麼意思？」林律行晃著有點短的雙腿，林家負責備膳的秦姨不論給他們二少爺準備多少充滿鈣質和蛋白質的食物，他的身高就是一直拉不起來。

「阿行，那人可是我們林家的眼中釘，怎麼可以一把火燒了，這麼便宜他？」咬著奶茶杯吸管，林律品懶洋洋地陷在沙發裡，沒有世家公子的規矩，倒像隻嬌慣的貓。

「我不覺得這事多有趣，我們賠掉一個姑姑，還有一個很好的家主叔叔，後來甚至間接毀了大當家的獨子，得不償失。」

「這麼說來，我是應該喜歡延世相的，他讓我繼位的機會大大提升呢，阿行。」林律品笑瞇眼，習慣他惡劣言行的林律行也不再多說什麼。

「不管怎麼說，我們都是一家人，你和律人之間不要鬥得這麼明顯。」林律行覺得麻煩死了，一邊是堂哥一邊是小表弟，非得要他難做人不可嗎？

「那也不過是個雜種，有什麼資格跟我搶？」林律品雙眼彎起漂亮的弧，他是故意的，正好林律人從外邊探病回來，音量不大不小地傳到他耳邊。

林律行也發現到林律人身影，心煩地抓亂頭髮。

「律人，別理他，過來坐，吃點心。」林律行拍拍身旁的空位，林律人猶豫一陣，才緩步過去坐好。林律品有意無意發出輕蔑的鼻音。

「阿品哥哥，我可是大當家的兒子，你還是看在大伯的面子上，多尊重我一些。」林律人淡漠地瞥了他一眼。

「要不是延世相死了，你那個『林』字早該拔下來。」林律品咧開清冷的笑容。「聽到大禮堂炸光，你是最開心的那個人對吧？」

「律品，閉嘴啦，律人的母親過世了。」林律行萬般後悔，他不該以為他們會看在他面子休戰。

林律人咬緊牙，想著兩個朋友、想著疼他的管家伯伯、想著他的以後……好像也沒什麼必須忍耐的地方！

「阿品哥哥，你會這麼急躁我也是能夠體諒，三舅的生意失敗對你來說打擊不小吧？」

「賤人！」林律品手中的奶茶杯毫不客氣砸到林律人臉上，害得廳堂外待命的佣人一陣驚呼。

事情發生得太快，林律行來不及阻止，嚇得整個人跳起來。

「哭么，你這杯是熱奶茶耶！」林律行找不到手帕，就要脫掉上衣來擦，被林律人阻止下來。

他以前怕林律品怕得要命，現在能夠激怒他，表示他的地位確實已經威脅到自視甚高的大表哥。

林律品冷眼看著這團亂，許久才掏出手帕扔到林律人身上，林律人甚至說了聲「謝謝」。

「律人小表弟，你老是去那間古董店鬼混，有帶什麼消息回來嗎？透過店員接近連海聲是個不錯的想法，但也要有效果才行。」

林律人張了張唇，最後還是什麼也沒說，像林律品這種機關算盡的聰明人不可能明白什麼是純友誼。

「那間店，太可疑了。」林律品意味深長地說道，轉身往樓上走去。「我會親身去造訪一趟，看看他們有多大的本事。」

「喂，律品，我們的目標是延世相不是那家小店！你不要去動連海聲啦！尤其是那個呆呆的服務生，我還想收他當伴讀耶！」林律行在後頭吼了半天，林律品都沒理他，完全沒把勸說聽進去。

林律人去後頭換了件衣服回來，溫順地喚道：「小行哥。」

「幹嘛？」林律行無奈地坐回去吃點心。

「那個呆呆的男孩子，是我的人。」林律人這點絕不讓步。「我跟人家猜過拳，等連海聲死了，我就要包養他的下半輩子。」

「啊啊？」林律行不懂林律人口中複雜的敵意。「律人，你明知道律品個性衝動，爲什麼還要當面說這種話自找苦吃？」

「下次不會了。」林律人哪知道奶茶會那麼燙？

「律品還說要找那家店麻煩。」林律行好擔心。

「讓他去吧，給他這朵溫室玫瑰見識一下連海聲是怎樣一個妖孽。」對於古董店店長的能力，林律人雖然不甘心但根本不需要懷疑。

「對了，律人，有消息說延世相眞的沒死。」

林律人怔了下，第一個念頭就是醫院裡三人討論的話。

林律行不滿地咕噥著：「找他出來幹嘛？就算沒死，憑他一個人還能做什麼？他要是還活著，第一個要燒光的絕對是我們林家。唉，枉費他以前和林家交情這麼好，小叔都住他家別墅不回來看我們，比自己家人感情還好。」

「我不曉得和堂、和簷舅舅的意思，但大伯重提舊事就是爲了要逼和家小叔回來。」林律人說到底還是對好友們保留了一些祕密。「畢竟我們三個還不成材，而大當家已經老了。」

「要是小叔回來，第一件事說不定也是燒光我們林家。」

林律人以前不明白什麼是情同手足，他的手足也沒待他多好，但自從認識那兩個缺心眼的朋友之後，要是林家把主意打到他們身上，他絕對會抓狂。

「小行哥哥，或許我年歲太小，想不透很多事。」林律人腦中閃過模糊的畫面，他母親焦黑的屍體、一向冷靜溫和的小叔對著火場嘶吼，而曾經所有人都得仰息於他的那個人死了。

「我不清楚五年前的事，律品那時候去留學也不知道內情，而且謀殺這種骯髒事，大人也不想要給我們知道吧？」

「延世相成也林家，敗也林家。我覺得他的魂魄至今還留在這個家裡沒有散去，在問我們爲什麼要害他。所以大伯才會老得這麼快，五年間頭髮就全白了。」林律人自知有些多愁善感，即便禮堂重建好了，拂去所有燒焦的痕跡，有些東西卻再也無法挽回。

「就因爲他是外人吧？」林律行不確定地說。

所以，林律人偶爾也會覺得，這個家令人害怕。

銅鈴清響，在櫃台看報的店長右眼一抬，往外瞄見林家專屬的黑色轎車，用他的大拇指指甲推斷出眼前這個穿著時尚的年輕人就是林家新一輩中的最長者，好一個王儲殿下。

林家家主的選任和輩分關係重大，這一代家主選出後，下一任家主絕對是下一代新人，所以就要步入中年的林和堂及林和簷想都別想，因爲他們的機會早被一個敗家子給佔去了。新的家主繼承人會由三個毛沒長齊的死小鬼用扮家家酒似的爭鬥後出線，就連海聲的情報所知，林律品的呼聲最大。

聰明、有野心，再加上原本的「大太子」被弄得半殘，長孫的頭銜順理成章落在他身上，照理說應該要好好攏絡一下，但店長是什麼人？所以連海聲又回頭去看報紙了。

「你好，連先生。」林律品率先有禮地開口。

「不好意思，我不跟擦粉的男人交談。」自己長了一副絕世臉孔的店長，面不改色地嘲弄別人愛漂亮的行徑。

林律品不甜不膩地微笑以對，優雅地來到連海聲雜亂的核桃木櫃台，不管店長歡不歡迎，安穩坐上桌邊待標價的紫檀玫瑰椅。

「你是故意的。」林律品笑咪咪地說了五個字後，就等著連海聲的反應。

「我很忙，沒空和小孩玩耍。」連海聲擺擺手，隨手抓了一份公司報表開始審核。

林律品知道連海聲大半心思都不在那份數字密密麻麻的文件，但他的雙眼和右手始終沒有停下。林律品看過這人經手的帳目，還以爲是資歷十年以上的會計師所作。

他們說，連海聲對數字的敏銳度，絕對是十年難得的奇才，一份企劃呈上來，他就能判定十年之內是盈是虧。

林氏以下十大龍頭企業，七家聘他作顧問律師，五間將他列席於高層的決策會議，其中鴻年、名碁兩個新秀公司，特准他調動旗下十分之一的資產做投資。

另外，他和白領關係匪淺。白領是政界龍頭，可見連海聲手中的線已經不只商貿這一塊。

「而我們林家，一直到延世相的命案燒到你身上，才注意到你這個人的存在，你是故意避開和林家所有接觸的機會，對不對？」林律品決定要來對付這間古玩小店，並不是口頭上的玩笑話，比起那個死人，他相信這個活人對林家的威脅絕對大上許多。

「對對。」連海聲敷衍兩聲。

「我還知道，你是延世相的遺囑執行律師。」林律品丟下一張紙，覆在報表上頭，表明要連海聲好好認清天下沒有不漏風的牆。

「眞的嗎，我好驚訝喔！」連海聲故作震驚，很欠揍的樣子。

「你一直透過各個關係企業收購林家名下的股份，完全不計利潤，到底是爲了什麼，連先生？」

「你都不知道我其實是林家的隱性支持者嗎？」連海聲說這句話的時候，還得忍著強烈的不適感，說到姓林的就讓他想吐。

「『他』請你做了什麼？」

「小朋友，沒聽過工作機密嗎？我東家喜歡林家的東西，我當然得使命必達。林家的資產看起來再沒前景再貶値個十萬倍，還是得幫委託人弄來。」連海聲一想到南洋那個成事不足敗事有餘的傢伙，口中的火氣就忍不住生起。

他想買來給別人敗掉，那傢伙卻執意要自己收起來，才會讓小毛頭查到這條線索。

林律品聽得眼睛一亮。

「你東家是誰？」

「就告訴你是機密了，林大公子。」連海聲指了指琉璃大門，他今天因爲心情不錯，已經比往常客氣許多。識相點就拿著那點他施捨的小道消息，回林家去耀武揚威。

可是林律品很貪心，他要藉由這個機會，一口氣躍上家主之位。

「你是『顏雯雯』的親屬吧？」

連海聲不裝傻了，他這顆地雷就算深藏在心裡，還是會有白目去揭穿，狠狠踩下。

「那個水性楊花的女人，死了也是報應，你就別和我們林家計較了。」

「也就是說，林家承認是害死她的凶手囉？」連海聲不住笑著，那雙彎起的嫵媚眼角，的確留有林律品印象中那女人的幾分神色。「對了，你想當家主是吧？很有希望喔，加油！」

林律品對於連海聲莫名親切的轉變感到納悶。

「我記得你二十歲了吧？你們老當家當初即位也才二十二歲，真不愧是英雄出少年，可惜後來死老婆死兒子，會不會是報應呀？」

「你還挺清楚林家的事。」林律品知道連海聲口中吐露的細節外人並不應該知情。

「這種時候，良心建議，快去找個權貴人家下聘。你們家啊，自從延世相死了之後，聲勢一落千丈，要是你能藉由聯姻挽回一點可悲的顏面，相信老當家一定會大大看重你這名嬌氣過重的新秀。比起你去挖別人牆角，像狗一樣扒著人家的隱私還要來得有幫助得多了，林律品大少爺。」

林律品低笑兩聲，要是做得到，他早就做了。

「林家可是很保守的，你一定忍耐得很辛苦吧？」連海聲憐憫地說，林律品猛然抬起頭。「你能囂張一時只是因爲底下兩個弟弟太沒用了，一個出身不正，一個不成大器。我敢說，林家在你這一代就會全數敗盡了，可喜可賀。」

「連先生，我想你誤會了。」林律品儘管臉色有些難看，但他想做的事一直是如此明確。「我是來找你合作，我需要幫手。」

連海聲深吸口氣，然後用鼻頭重重哼了一聲。

林律品不氣不惱，從他脖子拉出一條紅線串著的白玉珮，透著光線，隱約帶著金色光澤。

「這是林家家符，要是你助我上位，我可以把林家一半資產分給你。」

就算是連海聲，也不禁讚歎「眞是好大的手筆」，長指掂了下玉珮斤兩，然後一把將白玉收下。買賣成了，他拍拍手，吩咐店員給客人倒茶。

林律品造訪古董店的眾多目的之一，其中有個可有可無的原因就是看一下記錄上，被連海聲當傀儡操弄、沒有自主想法的卑微少年長得是什麼樣的嘴臉，才會讓他聘來的殺手那麼討厭，記錄都用「垃圾」代稱人名。

當吳以文捧著白釉瓜稜奶茶壺現身，林律品著實怔了下。

「老闆，請用。」吳以文把瓷杯放在連海聲面前，把吸管塑膠杯放到林律品那邊，分明是差別待遇。

好在林律品喜歡吸管，他緊盯著泛著奶香的特調奶茶，一時安靜下來，慎重地吸了一口。

「滿分！」林律品尋尋覓覓的就是這個口味。

「謝謝。」吳以文輕輕點頭致意，然後被連海聲踩腳。「老闆，他是行家。」

於是店員又被店長踩了第二腳，連海聲生氣地把不懂世間險惡的笨蛋趕回廚房去，等店長回過頭來，林律品的目光還追著吳以文的背影。

「林少爺，要我把他送給你嗎？」

「可以嗎？」林律品難得真切地問。

「當然是開玩笑的。」連海聲咬咬牙。想到華杏林一直囉嗦他對什麼小貓咪不夠好，等小貓咪越長越大，越來越多人注意到那塊璞玉，到時候他想伸手抓，大概早就進到別人懷裡。

「今天和連先生聊得很愉快，細節改天再談。」奶茶杯空了，林律品起身告辭，好像剛才兩人暗潮洶湧都是有趣的笑話。「既然我們是盟友了，那我還是先警告你一聲──找不到延世相，你就死定了。」

「哈哈哈！」連海聲笑得樂不可支，彷彿聽見一個天大的笑話。

林律品走了之後，店長傳喚店員過來，他需要一個玉珮置放架。吳以文聽話地伸長脖子，連海聲就把林家視爲性命的家符掛上去。

「哼，誰稀罕一半的家產？我要的話，當然全部都屬於我。」

林家律字輩的新生代齊齊遭到約談。

依照長幼順序，黑色長沙發上從右到左依序坐著林律品、林律行、林律人三個堂表兄弟，而他們身前站著神色嚴峻的林家鐵板臉叔叔，林和簷司令長。

「說，是誰偷走家符的！」

林律品在調戲奶茶杯吸管，林律人埋頭寫著作業，只有林律行傻傻地正面回應。

「家符被偷還不趕快找人把小偷打斷骨頭，關我們屁事啊！」林律行用嬌小的身軀挺身而出，殊不知，最先出聲往往最容易讓人懷疑。

「三天前下午，你人在哪？」林和簷順勢下去逼供。

「我去那間店接律品啊！你這樣問是什麼意思！」林律行聽得一口氣上來，被林律人林律品一左一右拉回原位。

「和簷哥，他眞的是來找我，成叔開的車。」眞凶林律品充當一下證人。

「回來就一直問我要不要吃飯、看他練習武術，沒有再和外人接觸。」林律人大概知道凶手是誰，姑且幫無辜的林律行說話。

「莫名其妙，不過是一塊玉，我們在這裡坐了快兩小時了耶！」林律行繼續爆發火氣，他的兄弟根本來不及捂住他的嘴。

「『不過是一塊玉』！憑那塊玉就能支使林家底下的子公司，還能集合十大企業總長開會，一天不找出來，我們家沒有一個人睡得下去！」林和篤發現玉珮失竊至今，神經沒有一刻不緊繃。

他年輕時家裡一度被外姓人把持，眼睜睜看著那塊玉戴在延世相身上，玉和林家資產都差點回不來，讓林和篤不得不戒慎恐懼。

爲什麼要跟一個外人稱兄道弟？是爲了那個死去的女人嗎？想到這，林和篤有一絲感傷，但心中更多是守住林家的責任。

「而且有消息傳來，少家主在他手上。」

林律品挪動姿勢，嘴邊的笑容有些褪下。

「和篤哥，那人也快四十了，別再叫他少家主，而且他早就被大伯父廢位了。」

「律品，你錯了，我跟阿堂不是被他擠下來，而是早就選擇輔佐他。他很年輕就掌管林家的人脈，如果他手上拿到家符，除了林家我們這些知情者，其他人會以爲他只是回來做他該做的事。」

「阿叔你也眞的老了，和家小叔看起來雖然一臉蠢樣，但他才不會把林家拱手給別人吃掉。」林律行忍不住嘟噥著。

林和簷也不願意往那方面想法，但凡事總有例外。

「如果他還活著——如果延世相還活著呢？」

就算林律人是三兄弟其中對前代愛恨糾葛最不熟悉的一人，也記得大禮堂爆炸的消息傳來，家裡最爲震驚的不是失去母親的他，而是一向溫文儒雅，對他從來沒有任何偏見的小舅舅。

小舅舅第一時間聽見爆炸消息，毫不猶豫衝去火場救人，然後狼狽地被林家侍衛架回家。他的理智也跟著大火燒盡，只剩下瘋狂的情緒，對所有和他有著血緣關係的親人嘶吼不停。

——是你們做的吧！

——你們殺了我的兄弟！

——我和林家勢不兩立！

林律品抓了抓修長的脖子，漫不經心地說：「玉在那間店裡。」

林和簷頓了些會，然後咬牙叫著林律品的名字。

「我只是收到消息，聽說那間店在兜售和我們家符樣式相似的玉珮。」林大少爺面不改色地扯出一個勉強的謊。「這事實在太嚴重了，和簷哥，你怎麼還待在這呢？還不快去清查那間小店！」

就在林和簷急電給林和堂的同時，林律人和林律行同時站起身。

「那間店不能動！」

「你們這是什麼意思？竟然幫著外人講話！」林和簷深深有感年輕這一輩需要他嚴格再教育一番。

「那裡就一個美人一個小孩子，犯得著林家大動干戈嗎？」林律行不喜歡這種以大欺小的卑鄙行徑。

「和簷舅，既然有小舅的消息，把人找回來不是更重要嗎？」林律人顧不得這時機適不適合出聲，那家店可是有他的寶貝，絕不容許別人傷害。

林和簷瞪著兩人，然後看向事不關己的林律品。

「阿行，你不是說過連海聲是棘手的人物？律人弟弟，你和那間店走得太近也是不爭的事實。請把自己的私事和公事劃清關係，好嗎？」林律品發現自己還是把連海聲看得太輕，心裡難免不甘，覺得還是快點毀掉那間店比較妥當。

「很好，至少還有一個明事理的。律品，好好看著你弟弟們！」林和簷說完，就要去交代林家侍衛接下來的任務。

大人走了，另外兩個小孩恨恨盯著還在玩吸管的兄長。

「你們還太嫩了，才會被人情干擾判斷力，家主果然給我當比較適合。」林律品想到再也喝不到古董店的奶茶，多少有些惋惜。

「你這個無情無義的浪蕩子，最好不要有一天栽在某個人手上！」林律行大力撻伐這個只會欺負婦幼的兄長。

林律人直接打了電話，要吳以文小心，可是電話不通。

「看來那間店已經被孤立了呢！你連離開我眼皮底下都做不到，還能做什麼？」林律品趁機嘲笑林律人一番。

林律人顫抖握著手機，迎向林律品的目光中，帶了隱忍許久的決絕。

「等這件事結束，我會開始努力，努力讓你想坐也不上家主的位子，律品哥哥！」

「呵！」林律品接下戰帖。

十、水落石出

「老闆，我們被包圍了。」

「我知道，我沒瞎。」

吳以文端著茶，侍立在連海聲身旁。古董店外，密密麻麻圍著黑色西裝白領帶的林姓人馬，比黑道還要黑道。

熬了一個晚上，店員才把店裡所有寶貝裝箱打包好，床鋪所有的貓咪布偶也委屈它們裝成一大袋，但還沒和店長手牽手去逃難，林家就派人困住他們。

「連海聲，一個月的期限到了。」林和堂帶著勝利者的姿態，再次光臨古董店。

「嗯。」一夜沒睡的店長只是叫店員趕快倒茶補充他的咖啡因。

「你找到人了嗎？」

「算是。」連海聲打了個大哈欠。

林和堂聽了，心頭一驚，再次確認道：「在哪裡？」

連海聲比了比櫃台下的青花瓷瓶，吳以文把沉重的瓷瓶抱上來，掀開蓋子，請客人驗貨。

林和堂快步走近，看到滿瓶灰粉。

「我好不容易才把他的骨灰挖出來，你們林家滿意了嗎？」

「可是有人說……延世相沒死……」林和堂口氣不住遲疑，其實他一直都不相信誰能從那場毀滅性的大火逃生。

「因爲有人要他活著呀，你們汲汲營營找一個死人，還不如去查清誰是造謠的活人，白痴。」連海聲囂張得不像個活囚，可是林和堂無暇顧及他的態度。

「是誰？」林和堂直覺他面前這個漂亮的男人一定知道。

「扣除經濟援助和一些雜七雜八的暗盤，執行者是延世相的律師，也就是我本人。」連海聲掃視他纖長的十指，平靜承認道。

「你！」林和堂沒想到把林家鬧得滿城風雨的凶手，就是他們委託的調查者。「爲什麼要這麼做？」

「你去問鬼呀，聽聽他有多恨你們。不過單純以我的角度，我只要完成他的遺願，就能拿到延世相全額的遺產，何樂而不爲？」

林和堂轉念一想，覺得不太對勁。

「他怎麼有時間設計那麼多東西？」

「因爲他沒死在火場，他的祕書早一步提醒他離開，也只有早了一些些……至少沒有當場死，剩半口氣被帶到南洋，也就是我的故鄉，交代完後事才死去。」

「不可能，誰帶他走的？」

連海聲皺著眉頭，似乎正看著一個比店員還要笨的笨蛋。

「你們前家主什麼時候離開，他就什麼時候走。你們這些人眞該看看他親眼看著他斷氣的樣子，幾乎就是個瘋子。」

林和堂想像得到，對那個人而言，失去摯友的傷痛足以讓他把家人看待成仇敵。

「好了，要殺要剮隨便你們，反正我東家很快會保我出來。」連海聲擺擺手，林和堂就要照著他的話把店長帶回去審訊，吳以文卻大步攔在他面前。

「讓開，我不跟小孩子計較。」

吳以文左手橫在櫃台前，作爲店長的屏障，不許任何人越雷池一步。

「文文。」連海聲叫店員滾邊去。

吳以文搖搖頭，眼睜睜看壞人在古董店裡搶走最寶貴的店長，店員做不到。

「我不在的日子，你就去吳韜光家待著，任何風吹草動都不准亂跑。」

「我跟老闆一起去。」

「又不是去做客，湊什麼熱鬧？」

「要是他們欺負老闆怎麼辦？」

「哼哼，我又不是你這個笨蛋，誰敢欺負我？」

連海聲老神在在，吳以文的不安卻沒有減去半分。

「別礙事，快讓開。」林和堂推了吳以文一把，這動作讓已經虛以委蛇的連海聲非常不高興。

「世妍要是知道你背地欺負她照顧的小弟弟，她絕對會更討厭你。」

林和堂聽了這話，一時失去理智衝到連海聲面前拎起他的領子。都是因爲他挑撥離間，延世妍才會變得不願意正眼看他，沒想到才動手，肩膀就被一股蠻力制住。

「文文，不能殺掉，出人命你老闆沒辦法洗案。」

林和堂以爲連海聲又在誇大其詞，而對上吳以文殺意畢露的眼神之後，才明白店長爲什麼把玩笑話說得那麼嚴肅。

「你們兩個都有病！」林和堂從吳以文手中掙扎而出，退開櫃台一大步。

「我可從來沒想招待你，是你偏要往我們店裡闖。」連海聲抓過吳以文一隻手，放在櫃台上一直打，打到店員終於清醒一點，會痛著叫老闆。

「你得罪我們林家，這塊土地再也沒有你的立足之地！」

連海聲大無畏地聳肩，他從來就是個無家之人。

當林和堂還想說些什麼，銅鈴清響，穿著灰色大衣的男子推開琉璃大門，等林和堂注意到異狀，外頭林家的人馬已經全都不見了。

灰衣男子拿下遮臉的黑帽子，半邊臉龐布滿恐怖的燒傷痕跡，看得連海聲蹙起眉頭，而林和堂大驚失色。

「阿堂，回去吧，這件事就算了。」灰衣男子溫和地勸著，一如林和堂記憶中的那人。

林和堂看向連海聲，又看灰衣男子，突然間明白了許多事。

「和家哥，是你聯合他對付我們？」

灰衣男子笑了笑，讓他醜陋的臉上多了幾分光彩。

「猜錯了喔，是我拜託他對付林家，這全是我的主意。」

林和堂握緊拳，就和五年前、十年前，他還是林家最莽撞的小毛頭一樣，他一直無法諒解對方的抉擇，即使他的兄弟總是爲了大局著想。

「你爲什麼要這樣對我們？我跟阿簷這五年來爲了收拾你扔下來的爛攤子有多辛苦？延世相只不過是個外人！」

男子溫柔而哀傷地說：「阿相是我的兄弟，就像你跟和簷一樣，你不能阻止我傷心。」

林和堂急急撥了通電話，然後把手機塞到灰衣男子耳邊，林和簷雷公似的大吼幾乎要把男子的耳膜震破。

「林和家，你這混蛋，給我回家！」

男子深吸口氣，把電話掛了，不顧林和堂對他投來像是遺棄小狗的目光，仍然溫言請他離開，並且放過這家店。

等林和堂不甘地走後，灰衣男子才大大方方鬆了口氣，然後轉身，大步走向對他翻白眼的古董店店長，還順手摸摸店員的腦袋。

「海聲，我回來了。」

「很好，去死吧！」

林和家含情脈脈地看著店長好一會，連海聲才問他「你還在這裡礙眼幹嘛」，讓早已經歷過愛恨情仇自詡爲成熟男子的他也忍不住傷心半分鐘。

「親愛的，我把南洋的公司丟下來，就是爲了來救你喔！」林和家強調一下他所做的犧牲，希望至少能換得美人一笑和溫柔的慰問，因爲他從來沒見過連海聲不嫌棄他的樣子，實在很想在死前看個一眼。

「多事，不需要。」這是連大美人給他的刻薄回應。

林和家揉著眼眶，他一向受人愛戴，偏偏在意的對象們都吝於給他好臉色，除了溫柔體貼卻撲克臉的雯雯姊妹。

「林和家，這整件事，你不該解釋一下嗎？」連海聲勾勾手指，等林和家那張火燒了半邊的蠢臉湊過來，店長毫不客氣朝他右臉揮過一拳。

「我除了半夜去撲你的床，沒有做過對不起你的事吧！」林和家捂著很痛的臉龐，小心肝碎了一地。

「是誰說延世相沒死的？」

林和家起初還一副無辜的表情，突然想起什麼，寒意從背脊涼上腦髓。

「海聲，我沒見到阿相的屍骨總是無法相信。」

「就跟你說死得徹徹底底，那兩個人還是我葬的！」

「我知道，但還是忍不住派人去調查他的下落，只要他沒做鬼托夢揍我，我寧可懷抱他還活著的希望。」

「世上才沒有鬼神，無法證實的東西就是不存在。」店長是個鐵齒的人，生平最痛恨怪力亂神。「你這樣輕舉妄動，一定引來『那些人』的注意。他們的根據地又在南洋，這幾年你的事業擴展有成，勢必侵犯到他們的利益。」

林和家面對連海聲一針見血的指責，倒也自然地承受下來。

「那些人是指『平陵延郡』吧？」

旁邊突然匡啷一聲，店員摔了手中的托盤，被店長踹屁屁，而林和家不禁多打量服務生幾眼。

「他們的確有派人問我阿相還活著嗎，他們這幾十年來從來沒關心過自家兄弟，我就回說：『是呀！』嚇死他們。」

「林和家！」連海聲拍桌而起，他千交代萬交代，結果對方把他的話當屁放過。

「不過會演變到這一步，應該是我和小妍通電話，爲了安慰她，聲稱有阿相的消息。她那時候好高興呢，我沒想到她會去找和堂幫忙，不過阿堂也的確是她男朋友中最有錢有力的一個，說不定延林兩家的好事指日可待。」林和家覺得自己是有一點莽撞，但還不到死刑的地步。

「小妍才不會嫁給你那個白痴弟弟。文文，拖去宰了。」店長手指一揮，並不認爲有讓人繼續活著的價値。

林和家還不知死活地對吳以文笑了笑。

「小弟弟，你也知道海聲是開玩笑吧？……哇啊啊，海聲、海聲，他直接折我脖子啊！我怎麼不記得得罪過你寶貝！我的手、我的腳！你要把叔叔綁成人肉蝴蝶結是嗎？這難度很高的，不如你放棄也放過我吧，可愛的孩子！」

吳以文撕了一截封箱的厚膠帶，狠狠貼住林和家那張嘴，連海聲對店員的表現讚賞有加。

本來林和家就要面對資源回收的命運，直到子彈打破古董店琉璃大門，貫穿櫃台後的咕咕鐘裡。

吳以文立刻鬆下對林和家的禁錮，把快抓狂的店長押進核桃木桌下護著。一個月內，古董店的大門已經碎了兩次。

林和家撕下嘴上的膠帶，挺身站在櫃台前，當他看見殺手一身黑衣扛著槍進門，明白了即使他叫來再多林家護衛也是徒勞無功。

那是個笑起來如少年稚氣的男子，有張即使男性也否認不了的英俊容顏，但他最大的特色是那雙完全漆黑無光的眼瞳，不是正常人該有的眼睛，道上給他的封號即是代表冥間使者的「闇」。

「咦？這不是林家的阿家哥哥嗎？就算搶輸女人依然和朋友稱兄道弟的大聖人，老家主沒告訴過你這裡不會留活口嗎？」

聽了殺手譏諷的話語，林和家還是堆滿笑，沒有打算移開腳步。

「小闇，我也曾是林家家主呀，你能不能通融一下？」

殺手也跟著笑咪咪的，只是那雙幽暗的眸子不帶半點溫度。

「延世相也算個平陵的皇子呀，我們還不是照殺不誤？」

林和家忍不住顫抖，殺手一向最愛用言語折磨人了。

「我告訴你喔，你現在護著的那人，一點都不信任你喔，他沒有想和你一起經營事業，只是等著再把你這個林家傀儡養肥一點，他就能順勢將你和林家的基業全部併呑下去。」

「那都無所謂。」林和家盡力維持最後一絲微笑。「你既然來了，就告訴我是誰害死阿相？闇，你知道吧？你一定知道吧？」

「你還抱持什麼天眞的期待？不就是林家嗎？是你的兄弟殺死你的兄弟喔！」殺手拍拍雙手鼓噪，愉快地欣賞著林和家痛苦的神情。

「廢物，滾開！」林和家突然被往後拉去，連海聲氣急敗壞地站出來。

殺手吹了聲輕佻的口哨。

「你變得可眞漂亮。」

「我聽到你的聲音就噁心，給我閉嘴！」連海聲看著槍口就像看著店員的巧克力魚餅乾，完全不爲所動。

「好冷淡呢，我們可是同鄉人，大伙兒也只有我來給你打聲招呼。」

「然後呢？」提到故鄉，連海聲臉上盡是厭惡。

「這證明我眞的很喜歡你，才會一而再，再而三失手。」殺手的手指往連海聲臉上撫去，還想更深入一些，左側就掃來勁風，他不得不往後退開，失去調戲美人的機會。

吳以文抓著水果刀，直盯著殺手的動作。

「我殺過那麼多人，第一次見到捨生取義這失傳已久的傳統美德，還一連三個，眞是太有趣了。」殺手露出享受的表情。

「神經病！」連海聲啐了聲。

殺手把槍口瞄準店員的頭，開心地玩起他最愛的遊戲。

「一個問題一槍。」殺手滿意地看著呆立不動的吳以文，又看向臉色鐵青的店長。「大美人，你應該是所有人中最明白我們爲什麼會找上你，只要你死了，延世相有再多的祕密也沒有意義。」

「這與他何關！」連海聲憤怒大吼。

「好像沒有。」殺手抱歉似地笑笑，「只是我個人的興趣，殺人不好玩，而殺人家最重要的人最好玩了。首先，延世相人在哪裡？」

連海聲抿緊唇：「不知道。」

槍聲響起，隨即響起男人的嗚嗚。

連海聲失聲大叫：「阿家！」

「你別怕，我沒事……」林和家捂著左大腿的血洞，恍惚中看到大美人爲他心急的樣子，死而無憾。「拜託，要殺就衝著我一個人，放過小朋友和他……」

「你完蛋了，林家那群記恨的小人不僅會追殺你到天涯海角，還會連帶報復你的妻小。你兒子，今年才上高中吧？」連海聲咬牙說道。

「是啊，小夜今年都十六歲了。」殺手感慨一下飛逝的時光。

「明夜十五歲，他是跳級生。」吳以文糾正殺手的錯誤，再次被槍口對上。

「小夜過得還好嗎？」殺手偏頭詢問，一瞬間又像個溫柔的父親。

「沒有你就很好。」吳以文如實回答，強勢地橫在店長身前。「請你離開這家店。」

「用你的命來換啊！」

「好。」吳以文毫不猶豫。

「說什麼傻話，不准！」連海聲用力拉扯住店員。

「那只好進入第二題了，請問延世相或是他的繼承人在哪裡？」

連海聲只沉默十秒，殺手就對吳以文扣下扳機。

「呼，好在是空槍。」殺手爲店長鬆了口氣，看連海聲的臉色由鐵青轉成死白，不過美人就算失態還是非常漂亮。「親眼看著身邊的人死去的感覺，很不好受吧？」

「第三題，你就是延世相的繼承人對吧？」

「對。」

「第四題，被家族拋棄的感覺很難過對吧？」

「……對。」

「海聲。」林和家忍不住出聲喚著，連海聲叫他閉嘴。

「第五題，就算你多少有意識到那是亂倫，你還是愛著顏雯雯那女人？」

連海聲以微小的音量，承認下來。

殺手笑得咧開嘴角，就要開始他個人認爲最有趣的第六題，卻被裝著骨灰的花瓶從頭卯下，失衡地撞向店裡的水晶櫃，留下一大灘血跡。

連海聲還沒回過神，身子猛然一輕，整個人被橫抱起來。吳以文帶著店裡最珍貴的寶物，衝向古董店的後倉庫。

「你造反啊！」

吳以文發動銀灰色的重型機車，緊盯著亮起的儀表板。

「老闆，對不起，那是明夜的爸爸，我不能殺他。」

「笨蛋，我從來沒教過你殺人，不准殺人！」

「老闆，對不起，我太弱了，下次會跟師父和狗去特訓。」

連海聲不知道該說什麼，「他好感動」嗎？

「老闆，對不起，我一定會保護你……所以，請抱緊我。」

連海聲勉強伸出雙手，環住吳以文的腰身。

「老闆，對不起，我們一起逃吧！」

機車破風而出，白色光影一閃，隨即沒入轉角，和黑漆一片的古董店漸行漸遠。

連海聲那頭長髮飛揚在風中，宛如純黑的絨布，他現在還在思索被攪亂的局勢，下一步究竟該如何走下去。

很久以前，他在那個家，因爲能力出眾，像個娃娃被鎖在豪華的牢籠裡，做著君臨天下的夢，即使他知道父親永遠不會眞正認同他，還是佯裝自己是得寵的孩子，隨時都能把東宮取代之。

而那個女人一向比他還要更了解自己的心，她說：我們逃吧，一起逃吧！

這世上什麼都會背叛他，唯有她，絕對不會放開他的手。

而那些該死的傢伙毀了他最重要的寶物，所以他不計代價，拿他的命，連帶賠上無辜者的性命也在所不惜，勢必要爲她報仇，沒有任何事物能阻擋他——偏偏他的人生，多了一個死小孩出來。

連海聲完全清醒過來的時候，已經和吳以文奔馳在陌生的道路上。

路旁即是有著十尺落差的河岸，茵翠的綠地配上波光流水，適合夜奔的風景。就這樣乘著風一直前行，似乎就能遠離這個紛亂的世界。

「你要去哪裡？」

吳以文搖搖頭。

「有帶錢嗎？」

「老闆，我有兩個銅板，十八塊。」

「這裡的幣值兩個硬幣最好加起來會十八塊！」連海聲聽了就生氣。

「老闆，你把我當掉，我再自己贖回給你。」

「不用贖了，看了礙眼。」

「老闆——」

連海聲疲倦地靠在吳以文背後，想著五年來的事。

「你長大了。」

吳以文身子一怔，轉頭過來想看店長的表情，卻被連海聲硬生生把頭扳回前面看路。

「你這個笨蛋，什麼也做不好，而我也不是什麼好人，你想要的家、關心和感情，我什麼都不能給你。」

「那不重要。老闆想要什麼？」

連海聲忍不住掐緊笨蛋的肚子。在古董店，店員的職責從來只爲了滿足店長的需求。

他還沒說出感性的話語，店員就認眞代他回答。

「我們再養隻貓吧！」吳以文用盡全力說道。

「那根本就是你的心願，你這個大笨蛋！」連海聲恨恨地搥打店員的肩膀。

「可是老闆，店裡只有我一隻，去上學的話，老闆會很寂寞。」

「你這麼不想當人類，就直接給我去跳河，下輩子投胎當畜生還比較快！」連海聲往右邊河道一指，吳以文就縮起腦袋。

枉費他聰明一世，底下卻是這麼個不成材的東西！

「老闆不要生氣，醫生說放輕鬆身體才會好起來。」吳以文心虛地勸著。

「華杏林是不是叫你帶我出去透氣？」

「是，老闆身體有沒有好一點？」

連海聲綳緊臉沒有回答，有時候，他實在猜不透店員的想法，那麼衝動卻又包含各種考量，專屬於他一人。

「你去撞壁，我就很好。」

「老闆——」

有時候他會忘了痛恨這個世間，想起人生最低潮的時候，曾經牽著一個很小的孩子，帶他去看牢籠以外的風景。

華杏林問：報仇，還是照看他長大？二選一。

他到最後關鍵，還是鬆了手，沒有正式和林家決裂，也沒讓林和家代他去死，他花了五年調查企業中有誰和當初的禮堂爆炸案有瓜葛，最後也因爲那些董事笑著關心他的小店鋪和那孩子，什麼也沒做。

他汲汲營營五年多，卻一無所成，反被將下死棋。

「文文。」

「老闆，什麼事？」

深藏在心裡多年的那句話，連海聲終究沒有說出口。

後方一台黑色重機疾速追趕而來，並馳在銀色機車左方；更遠的後方，隱約響起警車的鳴笛聲。

「嗨，大美人，又見面了。」殺手扶著鮮血直流的腦袋，熱烈地向店長打上招呼。「背叛自己故土的人怎麼可能找到棲身之所?你會失敗，就是你太相信別人了。」

連海聲叫吳以文甩開神經病，但殺手卻始終黏著他們不放。

「我這裡有所有同意謀害延世相的人員名單，還有主謀的名字。你找了那麼久，應該也沒有我手上的名冊詳盡。」殺手晃了晃手中染血的文件，連海聲狠瞪過去。「我說過，我會幫你，怎麼不信我呢？」

「你想要什麼？」

「我想把遊戲玩完。」殺手像稚子那樣笑著，單手舉高文件。「問題六：報仇和那件垃圾，你選哪一個？」

「你再叫他垃圾，就別怪我不客氣了！」

連海聲咬緊牙，扶著吳以文肩膀，在高速的機車上搖晃起身。

「文文，聽著，這是我教你最後一件事。」

吳以文不敢慢下速度，深怕一個不穩，店長就會失足跌落。

「人生在世，想要什麼，拚了命也要伸手去拿！」連海聲一把掐住殺手手中的牛皮信封，即使雙腿顫抖不止，手指抓物的力氣卻堅定如石。

殺手非常失望。

「什麼嘛，你還是把垃圾丟了，沒創意。」殺手只伸手一推，就讓店長重心失衡，從機車後座摔下。

連海聲緊抓著文件，他苟活五年來，就是爲了一個水落石出，他終於能給她一個交代。

然而，他眼前卻撲來一個熟悉不過的人影，吳以文奮不顧身地抱緊他。

他毫不猶豫地把這個笨蛋扔下，店員卻還是不離不棄，像店長所說的，想要就得拚了命地抓進懷裡，用血肉之軀保護著。

「笨蛋……」連海聲一失神，手中的文件鬆開，白紙飛得滿天都是。

墮入黑暗之前，他只感受到下墜的失重感，與壓在心口上的溫度。

他睜開眼，耳旁有流水聲，底下則是刺人的草地。

「痛……」連海聲撐著快要散架的骨頭起來，身上只有右手肘破了點皮，沒有其他外傷。

隨後，他想起另一個人。

他抬起頭張望，遠處，有一抹白倒在銀色機車旁，無聲無息、毫無動靜。他心頭一涼，不顧仍然麻木的雙腿，急忙起身趕到男孩身邊。

吳以文緊閉雙眼，額頭滲出斑斑血絲。

連海聲退開兩步，不敢再靠近，不敢去確認他負面的猜測，也不敢碰觸。

「小銀二號，太好了，你沒事。」男孩抱著愛車，用臉蹭了蹭把手，繼續休息。

「啊？」店長有種被愚弄的感覺。

「好在有祈安哥保佑。」吳以文微睜開眼，調整一下車把綁著的玉珮。「他果然是貓咪大仙派來的使者……老闆，爲什麼踩我？」

連海聲臉上冒出一根青筋，後頭有兩根，吳以文還一臉無辜望著店長大人，於是店長又補了兩腳下去。

「老闆，會不會冷？」吳以文看出連海聲被風吹得瑟縮，趕緊解開領釦。

「你身上不就一件制服，不准脫！」店長快被店員氣死了，眞想把那顆笨頭扭掉。「你躺在這裡裝屍體很有趣嗎？笨蛋！」

吳以文還是老樣子，什麼話都說不清楚。連海聲不知道的是，當他們摔在河堤岸，機車也甩出公路，殺手還在上頭虎視眈眈；吳以文護在昏迷過去的店長身前，說什麼也不肯讓開。

等連海聲發現男孩站立的姿勢不對勁，才知道他把左腳摔得脫臼，要是再倒楣一點，說不定連脖子也摔斷了。

「亂來，要是沒命怎麼辦！」

「老闆，不會死在你身邊，很髒。」

連海聲看著吳以文討好般地向他保證，毫無自覺這話的不正常，那張清秀臉孔還是像人偶一般，沒有任何活人的表情。

如同華杏林所說，他的病，根本沒有好起來……

亮光向兩人掃來，警方的人馬來到河堤，正要搜索被匪徒挾持的被害人。聞訊趕來的吳警官抓著手電筒，把刺眼的燈光用力照向吳以文，害店員雙眼難過得睜不開。

吳韜光觀察好一會，判定一大一小都沒有生命危險，順手把西裝外套脫下來套在連海聲單薄的肩上，看店長整個人連頭都縮著，可見一定很冷。

「你也太慢了吧？」連海聲冷淡地說。

「二十個埋伏，花了點時間。」

連海聲才知道自己怪錯對象，吳韜光一直盡全力保住那間店的安全，如同他所承諾。

「你不用擔心我，我是不死之身。」吳韜光挺起胸膛，和店員一樣，都會一臉認真說著自以爲是的蠢話。

「誰管你去死？有空就去給他擦藥，腳也有問題。」連海聲推開吳韜光，要一個人去靜一靜，沒想到才轉身就被吳警官拉回來。

「你在哭？」吳韜光實在訝異，他還以爲這個人血是冷的。

「誰在哭？哭屁！」連海聲帶了絲啞音吼著，甩開對方的手臂，避開所有人，獨自走向泠泠河邊。

店長遠去之後，吳以文低下頭來盯著自己的手指，許久沒有其他反應。

吳韜光去和同仁弄到一罐外傷藥膏，看也不看就攢住吳以文兩隻手腕，沒給他機會閃躲，接著用力把藥抹上傷處，爲了抹均勻還不停拍打著。

吳以文額頭都被打到腫起來，吳韜光才收手，傷上加傷。

「接下來，腿。」吳韜光視線往下掃去。

「師父，腿很好……」店員發出常人不易察覺的小動物哀鳴。

掙扎無用，男孩被師父大人按在草地上，實行祖傳的接骨術。沒有保險、成功率不高，而且非常痛。

等吳以文半癱在地，吳韜光才補了一句「沒事就好」。

吳警官看店員又發呆似地望著店長的背影，在他腳邊蜷成一團，不敢過去。

「以文，女人總有幾個日子比較神經質，你要讓著她們，不然她們悶到內傷會早死，到時候就沒人幫你做飯洗衣服，很麻煩。」這是吳韜光的經驗之談。

「師父，老闆有雞雞而且不會煮飯。」

「嘖，我老是忘記他是男人。」吳警官說了會被店長暗殺的話。可是看那頭長髮映著河水波光在風中飄著，十個人會有九個以爲那是寂寞的美女，剩下一個則是看作寂寞的女鬼。

「師父，可以帶老闆回去休息？」

「去吧，這裡有我罩著。」

雖然吳韜光覺得吳以文溫順地待在他身邊，還說上一些話，這種平靜的相處相當難得，還是把他趕去連海聲那裡。

而吳以文戰戰兢兢去找店長，連海聲冷眼掃來，劈頭就一頓打，又敲又捏。古董店法條中，當店長想揍店員洩憤，店員就必須乖乖給他欺負。

「你這個死小孩！」

「對不起，老闆。」

「你是想害死我是吧？玩什麼逃難的把戲！」連海聲知道自己不該答應，本來就沒必要把吳以文捲進來。

「對不起，老闆。」

混亂中，吳以文突然被緊抱一把，隨即放開。連海聲繼續推著店員的笨腦袋，有一下沒一下推著，似乎打累了，也打不下去了。

「你差點嚇死我，怎麼不去死一死算了！」

這是氣話，因爲店長緊緊掐住店員的頭，半點也沒有要人自我了斷的樣子。

「所以，保持距離不是因爲噁心？」吳以文抬起半隻眼問。

「你這顆腦袋到底在想什麼？我都養了你五年了，我會把誰留在身邊五年！你到底要折磨我到什麼時候！」

吳以文看著連海聲氣到牙關發抖，斗膽把臉靠上店長的指尖。

「老闆，對不起。我帶老闆走，其實是想死在老闆身邊。死在你身邊，老闆就不能把我丟掉了……」

對男孩來說，世上比「死」還可怕的事，莫過於「遺棄」了。

連海聲半捂著美麗臉龐，不想讓店員看見他此刻的表情。

「眞想把你踢進河裡，我又沒有要走，你發什麼神經？」

「眞的？」吳以文直直望著連海聲。

「眞的！」店長就算千百個不願意，還是決定勉爲其難再待一段時間，再思索下一盤棋局怎麼開始。

「可是，延世相還沒找到。」

「你覺得人還活著？」

「我只知道老闆之前對林姓者說的，全是謊話。」

連海聲嗤笑了聲，店長說謊功力爐火純青，也只有笨蛋店員看出來。

「這世上最討厭的生物就是林家出產，怎麼能讓他們好過呢？」

不得不說，店長在思索作奸犯科的時候，笑起來最明媚動人。

就在所有林姓者打了個大噴嚏的同時，林家最大的叛徒搭著專屬的黑色轎車來到河堤旁。一下車，隨行的林家侍從無不恭敬行禮，而林和家只是笑笑，客氣地請他們把事情原委回去稟告給大當家。

警員上來盤問男子，林和家溫柔似水地說：「我來接老婆和小孩回去。」

他是這麼誠懇而謙和，使得在場眾人除了納悶的吳警官，全都相信他深情的謊言。

警方比向河邊的店長和店員，林和家眼睛一亮，拐著傷腿，快步走去兩人那兒，確定美人和小朋友都沒有大礙，他才卸下心中的大石。

「海聲，林家和天海聯手把那些人驅逐出境，應該不會再回來了。不過他們會走得那麼快，主要還是闇拿機關槍去掃射他們，使他們元氣大傷。我實在不曉得殺手到底爲誰做事。」

「嗯。」不管是敵是友，連海聲以後有機會還是會幹掉那個瘋子殺手。

「沒事了，只要有我林和家在的一天，不會再有人敢傷害你。」

「和家。」連海聲款款喚著，「有你在眞是太好了，你可以靠過來一點嗎？我有些冷。」

「當然。」林和家大步邁向他的連大美人。

然後撲通一聲，店長把林家前家主踹進河裡。

「呼，解了一口鳥氣。」連海聲覺得心裡好過多了。

「海聲，水好冷啊，我腳受傷不能游泳，救我、救我！」林和家在只有半人高的河水裡大聲呼叫。

連海聲視若無睹、聽而不聞，只把右手往吳以文面前晃晃。

「走，回家。」

吳以文緊抓住店長的五指，不知道是不是順風的關係，回程的腳步是以往不曾有過的輕快。

一回到古董店，店員又是泡茶又是煮晚飯，把店長伺候得服服貼貼。店裡點上鵝黃色小燈，亮起暖暖光輝。即使空蕩水晶櫃看起來有些寂寥，但只要店長在，這間小店不用多久就會恢復以往的美麗。

林和家被送回來的時候，連海聲正在挑魚刺，白玉長筷抿了點魚肉入肚，又意興闌珊地挾了幾粒白飯。

而吳以文在旁邊添茶又上菜，不停在店長身邊轉來轉去。林和家記得林和簹有隻從小養大的貓，看到好久不見的主人也是同個反應。

「站好！」連海聲一聲令下，吳以文就在櫃台旁邊待命，只是一雙眼還是不停眨呀眨地。

林和家很想去摸摸店員的頭，可是又怕被咬傷。

「海聲，你的大門我打電話叫楊師父來修。他說早猜到你們店又會出事，有多準備兩片門板，一下子就裝好了。」林和家光聽裝潢師傅的話，就知道這間店有多不平靜。

連海聲舔了舔筷尾，沒說謝謝，也沒理人。

林和家遠遠站在門口看店長用餐，看那張漂亮臉蛋漸漸紅潤起來，只要他沒事就覺得一切安好。

「你可以滾了。」連海聲受夠那溫水似的視線。

「不要。」林和家賴皮說道。

店長在嘴邊咒罵一聲：「文文，賞他碗飯吃。」

就算店員拿了貓食盆過來，林和家還是認為這是天大的恩賜，趕緊把握機會，坐到店長對面的彩几上，和美人共進晚餐。

「腿，沒有廢吧？」連海聲漫不經心問著，輕啜一口溫茶。

「你放心，我會去做最好的治療，很快就會好的。」林和家笑出一口白牙。

「誰擔心你？我是在確認林家的報應大不大。」

「這裡不該有的東西，我全叫人清乾淨了。短時間之內，我能保證林家不再來叨擾你們清靜。」林和家拍拍胸脯，大口嚥下香酥煎魚。

「你還是捨不得自己老家嘛！」連海聲刺了一句，並且發現吳以文端來第四道菜還是魚料理，瞪向收盤子的店員。

林和家撫摸著紅漆木筷，溫潤的眼垂下三分。

「對不起，那畢竟是我出生、成人的地方。」

「早知道你這廢物不能成事。」

「對不起。」林和家嘴角還是彎著笑，可是眼角已經掉下淚來。

連海聲碗筷一摔，跟店員說他不吃了，桌上的東西全給他收走。

「哭有屁用！」死到臨頭也絕不掉淚的店長，生平最痛恨男人哭，只有懦弱的人才需要用眼淚逃避。「你現在給我回去南洋，當好你的傀儡總裁，下一季我要看到至少5％的成長率。你大哥要是打電話給你，就叫他去死！老子現在就是你頭頭，此外不要給我做多餘的事！」

「對不起，我只是恨我自己沒辦法為阿相報仇……」林和家無法抑止哭泣，想說的話一經過哽咽的喉嚨全變成破碎的字句。「雯雯和阿相都走了，要不是你出現在我身邊，我真的不知道該怎麼活下去……」

連海聲把右手纖長的五指握成一個拳頭，毫不客氣往林和家的傷疤臉招呼過去，林和家一邊哭著，一邊慌忙躲開。

「不准閃，我要打醒你這個白痴！」

「你只是純粹想揍我而已！」林和家非常了解店長的為人。

「文文，抓住他！」連海聲大喝一聲，吳以文立刻架住林和家的雙臂，讓人插翅也難飛。

林和家哆嗦閉上眼，挨了一拳之後，再吃痛睜開眼。連海聲很近地挨在他面前，長髮都撓到他的脖子內側。

「好醜，離開前，去找杏林治一治。」連海聲用力拉扯林和家燒成鬼樣的半張臉皮。

「不要吧，要是小杏姊姊把我整成女的該怎麼辦？」林和家對華杏林的印象就是白袍女醫師總有一天會毀滅世界。

連海聲嘴角抽了一下，然後又甩了林和家一巴掌，很輕很輕。

「快滾。」店長一彈指，店員就放開身價無限的人質。

「海聲，我想帶阿相的骨灰回南洋安葬。」林和家誠摯地請求。「我會在旁邊放很多精緻的小玩意，瓷具、茶器和玉石，就像你這間店一樣，還有雯雯試穿婚紗的照片。」

「很好，把你那些小玩意和那女人的照片全送來我這，骨灰拿回去。」連海聲公然敲詐死人東西也不覺得有什麼不對。

「海聲，你知道阿相沒死的流言最早是從哪裡傳出來？」

「不就你那張嘴？」連海聲對這案子已經沒什麼興趣。

林和家笑著搖搖頭：「這裡大公司的老大們都說，這幾年有一個精明幹練的掛牌律師，總是一針見血點出公司裡的弊病，還能精準分析未來十年的發展趨勢，也有能力扭轉眼下的逆境，就像當年的延世相回來一樣，而且脾氣也一樣糟糕。」

店長哼了兩聲鼻音。

「我還知道，阿相吃到喜歡的菜色會舔筷子。我在南洋沒見過，今天總算見到了。」林和家深吸口氣，把五年來的疑惑一口氣問出來。「海聲，你是阿相的孩子對吧？」

「會有相似的辦事手法和生活習慣只是我跟延世相系出同門，經過同一套訓練。」連海聲露出哭笑不得的表情，兩手把身旁的男孩拉過來，推到林和家身前。「而且，延世相的孩子不是我，是他。」

「老闆？」吳以文怔怔地往後看向店長大人。

「以文，你不是想知道誰是你親生爸爸嗎？」連海聲的嗓音多了分柔情。「我知道這消息對你來說太突然了，說不出話來也沒關係。」

林和家慎重地重新打量吳以文，激動得無法自已，伸手去摸男孩的臉，小心翼翼把他捧到手心上。

「對不起，我沒有保住你爸爸。我是他這世上最好的朋友，你要什麼，我都會補償給你。」

「我什麼都不要。」吳以文淡淡望著他，眼珠像水晶一般清澈。

林和家看著這名平淡如水的男孩就這麼決然放棄一切，心中不無感動。

「只要你剁雞雞。」吳以文認眞說道，林和家驚聲尖叫。

「海聲，你寶貝雖然長了一張無辜的臉，可是說話好狠毒呀！」

店長卻給了店員讚賞的眼神。

「和家，你就切了吧，我好想看林家絕後呢！」連海聲笑得開懷，鳳眸都瞇成一條漂亮的彎。

傳言古董店住著妖孽，林和家今日見識到，所言不假。

「叔叔能不能有別的選擇？」林和家祈求般摸著吳以文的軟髮。

店員搖頭。

「拜託，不然我下半生就註定抱著男人的殘缺過日子了！」

店員搖搖頭。

「拜託，我眞的很喜歡你老闆！」林和家微蹲下來，抱著吳以文搖。

「這跟你要不要自宮有什麼關係！」連海聲聽了就火大。

良久，吳以文才開出眞正的要求。

「不要帶老闆去南洋，老闆身體不好，每次回來都生病。」

林和家看向連海聲，店長別過臉去。

「抱歉，我都不知道。我會盡量避免讓他舟車勞頓。」林和家順著髮絲，從吳以文的耳際緩緩撫到頸側，想要看出一絲和好友相似的地方，但實在沒有。「聽海聲說，你是個很好的孩子。這些年來，辛苦你了。」

「我想知道延世相的事。」就像買菜附蔥那樣，吳以文再索取一些贈品。

「這是當然。」林和家看著男孩的眼睛說。「你爸爸是個非常了不起的人物，從來不向人低頭，總是明白自己要走的路。他身邊有個女人，也是很好的女人，郎才女貌、天作之合。我問他能不能一起娶雯雯，他當大丈夫，我當二丈夫，不行房也沒有關係，只要讓我做他們的家人……」

「別教小孩子奇怪的觀念！」連海聲吼了聲，但也沒阻止林和家說下去。

林和家繼續抱著吳以文的肩膀，疼惜地抱著他。

「阿相的孩子就是我的孩子，只要是你想要的東西，我都可以給你。你現在還小，等你長大，你想要權位還是財富，甚至是林家，我都會雙手奉上；只要能彌補你一絲缺憾。」

「林和家，記住你所說的。」連海聲從口袋裡抽出返程的機票，「林家也差不多要派人把你綁回去，我命令你即刻離開。」

「嗚嗚，海聲，你的寶貝身材眞好，抱起來好軟好暖和喔！」林和家卻捨不得放手，吳以文也呆呆地給怪叔叔抱著。

「給我去死——！」連海聲勃然大怒。

店長生氣地撥打電話，沒多久，外面就來了兩名藍衣的彪形大漢，進來抓了地位僅次林家大老爺的小老爺到車上，押送到目的地機場放生。

林和家和他的那張吵死人的嘴離開之後，古董店終於恢復寧靜。店員問店長要不要續晚膳，店長不要；要不要吃藥了，店長也不要。

最後，吳以文還是端來溫開水和藥丸，連海聲也只能嫌惡地吞下去。

「我要睡覺了，你這個笨蛋也快點去睡。」

「老闆，還有一件事。」

連海聲站在櫃台前，打下第一個哈欠：「說吧。」

「那就冒犯了。」吳以文大步向前，把連海聲整個人壓在核桃木桌上，長髮散成一片，而店長不驚不恐，只用鳳眼瞪著貼在他身上的男孩子。

「造反呀？」

等吳以文伸手往他右眼碰觸的時候，連海聲才著實一驚，把唇抿得更深了。

店員從那隻漂亮眼眸細細挑起一片純黑色的薄膜，等店長重新睜開眼，右眼竟是如大海一般蔚藍的瞳色。

吳以文退開兩步，鄭重向對方屈身行禮。

「久仰大名，延世相先生。」

經過這一個月的尋人，連海聲終於忍受不住，大笑起來。

等那一聲一聲清揚的磁音漸漸淡下，連海聲托著白瓷臉蛋，兩眼還是高傲揚著，沒有特別的反應，甚至對吳以文的話語不以爲意。

「什麼時候發現的？爲什麼會發現？」他笑著，口氣十分淡然，直接承認另一個叱吒風雲的身分。

「延世相所有相關人士都跟老闆有牽連，太巧了。」吳以文像一如往常應答店長的話，與平時討論交貨細節沒什麼兩樣。

「你那兩個好朋友的確是巧合。」連海聲慢條斯理地打著慵懶的哈欠。「不行，證據太薄弱了，你最好不是亂槍打鳥猜中的。」

「老闆，律人和明夜放學的時候拉著我哭。」

「那又如何！」

連海聲盯著把腦袋垂得不能再低的笨蛋店員，用腳趾頭想也知道那顆頭裝了什麼。

「捨不得你朋友？」

吳以文默默點了兩下頭。

「所以明知道他們瞞了你不少事情，你也沒去逼供？」店長老叫店員不要相信別人，吳以文卻每天早起做便當去養那兩個死小孩。

「明明老闆才是最大的騙子。」店員用死人聲血淚控訴。

「再說一次。」連海聲魅聲揚起。

「我錯了，老闆。」古董店的求生法則就是不是輕易反抗店長，就算全部都是連海聲不好也不能吭一聲。「華醫生形容延世相口氣和痛罵老闆一樣，牙齦出血。」

「是『咬牙切齒』！」連海聲擰起眉頭，真想去調查這死小子的國文成績是誰造假的，竟然有「A」！「然後呢？」

「華醫生知道，師父也知道，可是他們都不講。」吳以文睜著無神的眼慨嘆大人的世界。「最過分的還是老闆。」

「不高興，可以自己留下來啊！我從來沒有阻止你。」對於他暗地動用多少關係才保全現在的局面都不明白的店員，店長忍不住動怒了。

吳以文站在原地，低著頭，沒有再說半個字。

「怎麼了？說話啊？」連海聲每次說著說著，就會變成吼的；這一個跟以前伴在身邊的不一樣，總是不稱他的意。

「老闆不要生氣。」

「對對對，老闆現在怒火中燒呢！」

「老闆不要生氣。」

連海聲捂著額際，該死，笨蛋又發病了。

「老闆不要生氣……」

「你再給我重覆這個句子，就不要出現在我面前。」店長的口氣和表情都非常冰冷，他可是累得想死在床上，一點都不願在這兒受吳以文折騰。

「會聽話，老闆不要……」吳以文還沒斷斷續續把空洞的句子塡完，連海聲就打手勢示意他閉嘴。

「不會把你趕出去。多虧你到處惹是生非，我已經高明地截斷所有麻煩的來源，現在沒事了也不會搬店。不過你再不抬起你那張蠢臉來，老闆可不保證不會改變心意。都多大了，還像隻貓抖成一團？」連海聲強力壓下臉皮憤怒的顫動，好聲好氣說著。他下次絕對不會再對這小子省半滴口水。

「眞的？」

「眞的！」他到底是哪根筋不對把這個死小鬼撿到身邊養啊？「高興就笑出來，不要眨眼睛！」

吳以文努力制止身體的反射動作，不過嘴角還是水平線。

「要幫老闆鋪床還是繼續？」店員強烈支持前者。

「你今天不給我一個交代，明天就休學。」店長欺負店員，完全不需要理由。

「除了調查人員素質不佳，林家有錢有權，五年都沒消息。老闆要一個普通的高中生在有限的時間去找，根本是刁難我。」吳以文可以一次背出課文所有標點符號就是記不起不可忤逆店長的教訓，或者叛逆期終於到了。「不然就是老闆確定這是我能力可及的小事情。」

「哦。」好不容易出現值得褒賞的判斷。

「雖然老闆以前眞的很帥。」吳以文從白上衣口袋掏出珍藏的照片，照片上的男子魅力十足，自傲的臉龐似笑非笑，的確具備讓千萬女子拜倒在他西裝褲底下的本錢。

「可是我看過老闆像沒蒸過肉丸子的樣子，這是我的優勢。」

因爲外在條件和既定印象完全不合，所以林家硬生生放開近在眼前的目標。

「什麼叫沒蒸過的肉丸？沒禮貌！」連海聲怒斥一聲。

「今天本來要煮獅子頭，剛好拿來形容。」吳以文低頭解釋著，他覺得十分貼切，不知道爲什麼又被罵了。「木乃伊可以嗎？」

「你老闆『非常』在意我那張完美的臉被毀容的事，你有生之年都別再提半個字！」五年前的陰謀，帶給他身體上多大的創傷，他無法忘懷，也絕不可能善罷甘休。

「還有呢？」

「老闆，其實我一開始就懷疑老闆。」吳以文小心地挖出最後一個推斷。

「爲什麼？」連海聲等著他的理由。

「老闆掉過三次隱形眼鏡，而且一百八十二點零零公分。」就是那張林家給的陽春基本資料。

連海聲錯了，他不該冀望吳以文從其他人的話裡行間，找出時間、地點和人物的關鍵抽絲剝繭。服務生熱愛直線思考，換句話說，就是個笨蛋！就這麼被他發現眞實身分的店長，心有不甘。

「老闆爲什麼要我調查延世相做了什麼壞事？」

「你那張嘴很喜歡針對我嘛！我可是從來沒被眞正判刑過！」連海聲得意說著，但沒有被抓包不代表沒有爲非作歹。「現在明白老闆是什麼人，還要待在這裡嗎？」

吳以文看著連海聲揪著眉心的倦容，不是很明白，但又嗅到一絲用心良苦的味道。

「要。」

「很危險，以後會更危險，我絕對不欠一個人在旁邊絆手絆腳。」連海聲垂下雙睫，有股落寞和寂寥藏在美麗的雙眸。

「會每天煮飯給老闆吃，老闆要長命百歲。」吳以文說得簡單，就像活著就是爲了伴在他身邊一樣。

連海聲嚥下喉頭竄上的話音，長指不得不抹了抹兩邊的眼眶。五年前的那場爆炸帶走他太多東西，包括一個總是無怨無尤隨侍在左右，能夠完全依賴的身影。

「老闆，不要哭。」

「白痴才會哭！」連海聲第一時間堵回吳以文的蠢話。「好，你要什麼獎品，說吧！」

店長雖然沒有良心，還不至於背信忘義到無視對店員的承諾。

「老闆爲什麼說我是延世相的兒子？」吳以文劈頭一句話問來。

此時此刻，牙尖嘴利如連海聲，對上吳以文眞摯到不行的雙瞳，都編不出像樣的理由。

「我要睡了。」店長賴皮，天經地義。

只要店長沒有生氣地否認就足夠了，吳以文連續眨了兩下眼。

「最想要的已經拿到了，換下一個。」

連海聲也不是不想知道這個無望無欲的小孩子有什麼願望。等吳以文飛也似地跑到店後去，又蹦蹦跳地從房裡跑回來，手中多了張試卷，上面布滿紅筆的痕跡，呈上連海聲面前，不停晃啊晃著。

「六十二分！老闆，加薪。」親愛的數學考卷是也，靠著楊中和班長的萬能筆記，首次及格！

連海聲打量慘不忍睹的試卷，忍下狠掐笨蛋臉頰的衝動，勉強擠出誇讚的微笑。

「好棒，老闆眞是驕傲。」連海聲忍得快要內出血，想他一代俊傑，底下卻養出這麼一個笨蛋。

而連海聲想要偷捏耳朵的小動作不由得停下，他看著男孩的臉，幾乎忘了呼吸。這是第一次，從他抱回這個奄奄一息的小孩以來，笑了。

吳以文咧開嘴角，就像個十六歲的少年燦爛笑著。

尾聲

星期一中午，十三班教室前後門各自晃來如遊魂一般的兩個美少年，屏住呼吸，打開門，只見那個空蕩蕩的位子。

「啊，你們來得正好。」教室就剩楊中和一個人，他現在已經能面不改色和這兩個校園偶像攀談。「他今天上午沒來上課，也沒請假，你們知道他店裡有什麼事嗎？」

童明夜和林律人不約而同地走到吳以文的座位，一起趴在角落有貓咪圖案的桌上痛哭失聲。

「怎麼了？他得癌症還是出車禍？」楊中和一整個莫名其妙。

「以文、以文，我這輩子就只有你了，我的身和心都只屬於你……」

「阿文、阿文，我下輩子再給你當貓養，胖嘟嘟的，讓你想抱也抱不動……」

楊中和肩膀被點了兩下，他轉過頭，無奈地看著當事人，叫他收拾一下自己的感情債。

「這些杯子蛋糕是要給我的？巧克力片也是？謝謝。還有三角飯糰？太好了，好在我還沒去買午飯。」十三班班長已經習慣三不五時冒出來的甜點。

楊中和背脊一涼，原來是林律人散發出來的殺氣。但此時，他竟然不知死活地沒放在心上。

「班長，老闆發燒，我帶他去醫院看病，又被老闆趕回來上學。」吳以文提著一大袋食物，向楊中和班長交代一下行蹤。

「所以你本來想整天都蹺掉？這樣不行，再犯一次，我就要扣你操行成績。」楊中和咬了一口飯糰，皺起眉頭。「太鹹了，你退步了。」

「因爲做飯的時候都在擔心老闆，對不起。」吳以文坦率地承認自己的疏失。

楊中和本來想回說「沒關係」，雙肩卻被人早一步，一左一右用力壓住。

「楊中和同學，你這是什麼意思？竟然公然嫌棄我家小文文！」童明夜擺出當年街頭混混恐嚇取財的架勢。

「什、什麼？」

「看你理所當然地接受以文的東西，想必你都趁我不注意騙取這孩子的感情對吧？」林律人咬牙切齒，恨不得對這個平民百姓剝皮剉骨。

「並沒有！」楊中和頂多教他同學幾題數學而已。

而站在暴風圈外的吳以文終於從恍神中清醒，出聲替可憐的小和班長解圍。

「明夜、律人，去吃飯，三隻一起。」

兩人瞬間擠到吳以文身邊，對他們的小寶貝又抱又揉，還拉著他跳了一圈輪舞。

楊中和總覺得他同學好像有一些不同以往，眉宇之間很細微地改變了，好像玉石表面堅硬的石殼被磨去一些，顯露出微小的光澤。

他那個看起來樸實無華的同學如果能受獨具慧眼的匠才細細雕琢，說不定有一天，會成爲世人讚歎的美玉。

私人醫院病房，白袍醫生和病梅美人正忙著針鋒相對。

華杏林一貫挽著短髻，而連海聲額前的髮被迫用紅梅綴飾的銀夾子固定住，露出漂亮的美人尖，長髮斜束在右肩，穿著寬鬆的睡袍，雪白的胸膛露出大半，即使臉色有些蒼白，依然是世間難得美景。

「哈哈哈，這個月你快嚇死了吧？一堆人來問你『延世相』的下落，想到就覺得好笑，林家終於有點社會功用了。好不容易逃過一劫，緊繃的神經一放鬆下來，身體就受不了了。」

「閉嘴……」連海聲臥坐在病床上，有氣無力。

「眞可惜，要是和家那笨蛋眞的問你是不是他的阿相，我看你這個人再老奸巨滑怎麼也瞞不住。」華杏林這個月受到的騷擾都要抓住機會報復回店長身上。

「但他就是個白痴，呵……咳咳！」這點連海聲倒是有些得意，不過報應也來得快，咳了好幾聲都停不下來。

華杏林倒了溫水過來，連海聲勉強接過。

「你是不是一直懷疑阿家是主謀？他人脈夠，有本事籌劃這麼轟轟烈烈的陰謀，又跟你搶女人，新仇舊恨二十年，不殺你太奇怪了？」

「妳別在我耳邊唸個不停。」

「我才受夠你了。這五年來，想盡辦法折磨你這輩子唯一的朋友，逼他去跟林家鬥，再順便折磨你自己，看他看著你遺照哭很爽吧？你還眞是個變態。」

「妳是世上最沒資格罵人變態的女人。」連海聲美目一瞪，華杏林立刻表現出陶醉的樣子。「叫妳幫我變個模樣，妳看妳幹了什麼好事！」

華杏林不住得意，她的成品太完美了，嗔笑怒罵這些世俗的表情從他臉上表現出來都是那麼動人。

「這你就得感謝我了，你以前那張臉好醜，眼珠子和身材明明那麼漂亮，噁，卻長了一張失敗的臉。」

連海聲不跟這個審美觀有問題的解剖狂醫生爭辯。以前他只要走在路上，女人都會眼巴巴望著他；而現在，店長的長睫搧了搧，從那個神經病大學生到白領那個六十歲老頭子都追著他屁股跑，情人節時古董店總被外送玫瑰花塞爆，延世妍甚至還虧他是勁敵。

「我看這世上唯一不在意你美貌的女性也只有小妍了，可是她卻是你家裡唯一有感情的小妹，所以，找個好男人嫁了吧？大美人。」

「我要換醫生！」店長完全明白癥結所在。

「其實我很慶幸你的決定。」華杏林從鐵盤拿起針筒，連海聲看得眉頭直跳，但形勢不如人，沒力逃不了，硬是被打了很痛的一針。「你身體受過很大的損傷，需要長時間靜養，要是再這麼勾心鬥角下去，絕對活不過五年。」

「我無所謂。」

「我知道你自己無所謂，你有所謂的是小貓咪。」

連海聲無法否認，聽著醫生得意的論調就是不舒服。

「他被開那一槍終於讓你明白，你所做的一切，都會連帶反應到他身上。要是你眞的和林家翻臉，一口氣開罪那麼多權勢者，會不會讓他在這塊土地失去安身之處？那孩子還那麼小，身上又帶著毛病，一個人是活不下去的。所以這場風波全由你那間店擔下，你從頭到尾都沒有對任何人出手，成了最善良的好人。」

「妳不用提醒我的愚蠢。我只是覺得時機不對，再緩一緩罷了。」

「你眞的聽不懂人話，我沒有笑你。」華杏林忍不住去抓連海聲垂在胸前的髮束，被用力拍掉也不在意。「她呀，雯雯那麼喜歡小孩子，要是地下有知你爲了可愛的小貓咪不再把自己弄得滿身血，一定會很高興。」

病床頭邊放著兩張照片，一張是今早才從南洋空運過來的相片。相片裡嫺靜的女子穿著雪白的婚紗，捧著白色花束，總是一板一眼的臉龐露出些許笑容。連海聲不時拿到手上看著，又放回去，如此反覆十來次，華杏林都看在眼裡。

「她眞的很好呢，我從來沒看過性子那麼溫順的女人，也因爲這樣才有辦法待在你身邊。你也不能怪阿家喜歡上她，畢竟連你都深愛著她。」
「她是我的人，林和家想碰就是該死。」
「如果阿家也死在火場，你會好過一點嗎？」
連海聲抓著相片，不說話。
「你不給她幸福，又不讓人給她幸福，實在太過分了。」華杏林這麼說的時候，語氣帶有真切的傷感。
連海聲心裡卻在怪罪照片上的女人，竟然把他一個人丟在世上，自己走了，可惡至極。
「韶光救你出來的時候，她的血肉還黏在你身上，到死都只想護著你。延世相，你何德何能讓這麼一個好女人傾盡所有愛你？」
連海聲聽不下女醫生刺耳的話語，往窗外看去，想起很久以前的過往：那處華貴的大宅院，雨後的冬夜極冷，被子破了舊了，他這個沒有母親的私生子和身邊的小婢女只能偎在一起取暖，相依爲命好些年。
她說：少爺，你活著，便是我人生的意義。

「你這傢伙上輩子到底燒了多少好香？人一輩子能遇上一個雯雯就已經難能可貴，她死了，老天爺卻又給你一個把你奉作瑰寶的孩子。」

男孩說：老闆，我的命就是你的。

「賠錢貨。」說到吳以文，連海聲就頭痛，視線也從相片移開來。「叫他待在店裡也會被林家二少爺打成重傷、趕他去上學卻惹來黑道追殺、這次不過查個案也能吃子彈，只會惹麻煩，而且腦袋笨死了！」

華杏林笑了笑，帶了一些愉悅和一絲慨嘆。

「阿相，那孩子已經很努力了，只要有你在，他總有一天會好起來的。」

「妳上次不是這麼說的。」連海聲抿緊唇。

「小孩子比大人有韌性得多，你只要願意領著他往前走，他就不會迷失路途。簡而言之，他需要你，而你這個彆扭的病人，也需要一個人陪在身邊。」

「要是能重來一次，我絕對把他扔在垃圾場，讓他自生自滅！」店長細數養笨蛋店員所耗費的心神，計算起來非常不值得。

「你捨得嗎？」華醫生發現到什麼，目光瞥向窗外。「那個研究機構只是因爲內部問題沉寂一時，如果他們回頭來找那孩子，你覺得他會剩隻手還是剩個心臟下來？」

連海聲目光瞬間變得駭人，華杏林擺擺手，表示瞪她沒用。

「你不能浪費資源去賭你那一把，最終也還是爲了他，不是嗎？」

「妳今天是吃錯什麼藥？鬼話那麼多！」連海聲恨不得封住白袍那張嘴，可是偏偏華杏林就是心情好得說個不停。

「就算你死了，那些受過你指點的企業家也會幫忙照看他、黑道爲你的恩澤承諾保他，再加上林和家那個死心眼的濫好人，一定能讓他平安活下去。海聲，你做事想得太深了，你不是因爲一時衝動放棄，早在很久之前，爲了你的心肝寶貝，你就偏離了報仇那件事。」

「妳閉嘴！」

「誰教你從來不把心裡話說出口，我幫幫你又何妨？」華醫師捂著嘴笑道，然後白袍一甩，大步邁出病房，把房間留給可愛的小人兒。

連海聲氣急敗壞地揍枕頭出氣，但一點也沒發洩到心裡的不爽。好一會，他才注意到窗外有一團黑色毛髮，冷冷瞪過去，站在四樓窗外的吳以文才打開窗，探頭進來。

「老闆。」店員小心翼翼喚了聲。

「你怎麼會在這裡？」

「最後一節體育課，明夜來上，跑掉。」吳以文還記得代教練上課的童明夜追他到圍牆邊哭著目送他的樣子——阿文，給你朋友一點面子嘛！

連海聲哼了聲。店長沒叫店員進來，吳以文就只能像布偶娃娃一般，上半身掛在窗架上。

「老闆，店裡有送來的梨子和大蘋果。」吳以文從小貓咪背包中拿出白金水果刀和特級水果。

「那一點東西就想討好我嗎？」連海聲雙手攬胸，就算身爲病人也不改囂張態度。

店員陷入窘境，說話，尤其是動聽的話語從來不是他的強項。

「我在路上遇到橘子條紋的貓，跟他玩了一下……」

想從美好的事情破題，但適得其反，店長抓起枕頭，用力砸向店員的腦袋。

「貓咪很可愛，但我最愛的還是老闆！」吳以文鄭重聲明，以爲店長因爲他先和橘子貓培養感情在生氣。

連海聲精明的眸子悲哀地放空一段時間，招招手，叫笨蛋過去他身邊。

吳以文翻身進屋後，幾乎是撲了上來，然後毫無防備地被連海聲抓住頭，腦袋瓜被當作響鼓敲打。

「老闆身體有沒有好一點？」

「吵死人了！」店長繼續打個不停。

「老闆，店裡整理好了。」吳以文趴在病床邊，不敢輕舉妄動。

「以為這樣我就會誇獎你嗎？太天眞了！你以後給我去唸最好的商管學院，不准跟人類以外的動物，尤其是貓說話，布偶也不行！還有你那兩個損友只能吃剩菜剩飯，而且不要和黑社會背景的女孩子往來！」

吳以文抬起清秀的臉，貓似的眼滿是為難。

「老闆，這要先請示貓咪大仙……對不起，老闆。」還是被揍了。

連海聲調整好店員撿回來的枕頭，打笨蛋浪費太多力氣，害他不得不再休息一下。

吳以文拉好店長的被子，端正地坐在床邊看顧著。連海聲抬起半隻眼，曾幾何時，他已經習慣生病的時候守著他的不是女人而是個孩子。

「雯雯。」他叫了聲。

吳以文怔在一旁，不懂店長的意思。

「文文。」連海聲很清楚其中的差別，然而，這個傻瓜也知道。

「老闆，什麼事？」

連海聲伸手摸摸吳以文的腦袋，眼角和嘴角帶著不慎洩露出的笑意。這個月以來，他真的很累了，手就擱在床邊，安心地熟睡過去。

吳以文看著連海聲的睡容，大膽地把臉靠在他的掌心上，溫暖他冰冷的手指。等店長身體好起來，兩個人就會一起回去古董店，和那些珍寶們，像童話故事所說的，幸福快樂地生活下去。

他作了個夢，在人海中尋尋覓覓，經歷過無數的痛苦和絕望，終於找到那人，牽起他的手，再也不會遺失了他。

《Sea voice 古董店 1》完

番外 非關男孩

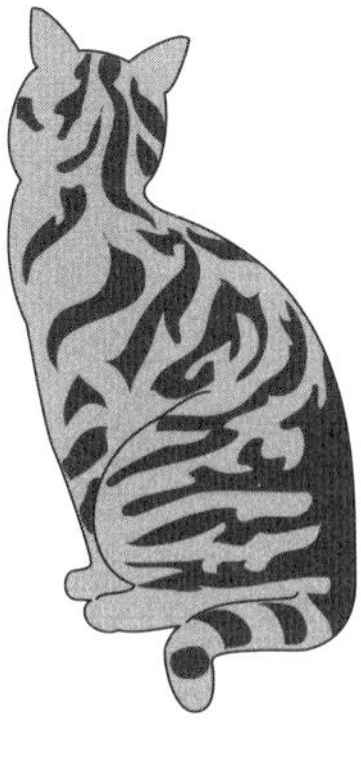

他還記得他們決定相愛的那一天，兩人在床上擁抱著，什麼都不去想。

他說這輩子都不要孩子，小孩子太吵鬧、太麻煩，很討厭。

她說，那麼我們養隻貓吧？

冬夜，北風呼呼地吹，他站在街角一棟被拆空的平房前，屋子只剩上簷四壁，宛如他被洗劫過的人生。

他絕世的容貌、他富可敵國的家產、他用盡心思積累來的商界人脈，還有掌控整個國家的權勢，甚至身邊那個理應囉嗦他一輩子的女人都被搶走了，要他怎麼不去憎恨這個世界？

「我要在這裡開一間店，賣點小玩意，掩人耳目。」

這是他復仇的前置工作，有個顯眼的根據地來和各路人馬談判又不讓人起疑，張揚中保持低調。只是聘請員工這件事比較麻煩，他沒有可信任的對象；天性使然，他從來不相信任何人。

但他這種疑心病特重的惡徒手邊卻牽著一名十多歲的男孩子，男孩聽了他的宣言也沒應聲，安靜地垂著頭，整個人像是與世隔絕著。

他早叫自己要狠下心，這世界是殘酷的，人不爲己天誅地滅，不過就是一個歹命的孤兒！……但等他回神過來，他已經把人帶進自己扭曲的世界，誰教這個帶病的死小孩無處可去。

「我改了名字，反正以前那個你也不認識；連連看的『連』，海潮聲音的『海聲』，給我誠惶誠恐地記住。我既然是店長，你叫我『老闆』就對了。」

連海聲不太適應變調的嗓子，尤其對這小子說話總有股怎麼都掩飾不了的柔軟。男孩沒有反應，只是徒然地睜著無神的雙眼。

「我也給你起了名字，好方便我以後使喚你。」

連海聲感覺到手指一緊，原來這孩子還是聽得見。華杏林說過，他對他的聲音特別敏感，就算手術後聲音不一樣也認得出來。

「以文，我們就在這裡重新開始吧？」

翌日，經他三催四請，裝潢師傅終於姍姍來遲，帶著一幫怎麼看怎麼隨性的工人，有老有少。

天空下著細雨，又冷又濕，這群渾身肌肉的勞工居然還打赤膊，他就算套著大衣、圍上羊毛領巾在一旁拿著傘都覺得發冷。

「你們是腦子壞了不成？給我穿上衣服，穿上去！」

楊師傅出面緩頰：「唉喲，大美人，那是大家看你太水，想表現給你看。」

「我是男的！」

「男的才好啊，可以隨便看。」

連海聲不由得氣結，他忍辱負重、隱姓埋名已經夠委屈了，偏偏還被神經病大夫換了一張惹人調戲的禍水臉。要不是他欣賞這男人造屋的手藝，哪管對方上有老母下有稚兒，早用傘頭捅死對方了。

經過一番激烈的寒暄，兩方才開始討論正事。連海聲講了句「價錢沒有問題，價值才是問題」，楊師傅爲此發出長達半分鐘的讚歎，直說這般大氣的委託人少見了，讓他想起某個合作對象，是個很有名、被活活炸死的高官。

連海聲要求先弄出起居室，最好今天太陽下山前就給他完成，而且不准有一絲絲新屋的怪味。

楊師傅打包票保證，先前在電話和美人討論設計的時候，他就預估到雇主的龜毛，特地帶了超強力工地電風扇過來。

「連美……連律師，你有想要改成親子間嘸？」

連海聲一怔，隨即意會到對方意思，告訴楊師傅把原定的內部貯藏室改成小房間就夠了。

雖然連海聲的臉色明擺著他最好不要問，但楊師傅還是忍不住問了，關於那個同在一張傘下、躲在美人身後的男孩子。

「美人哦，這甘是你的囝仔嗎？」

「不是，少囉嗦。」

「生得像白煮蛋一樣，可愛捏，我兒子和他差不多大。」楊師傅伸手想摸兩把，吳以文卻躲開他的碰觸。

「快做事，別說廢話！」

「你之前沒講過有小孩，你的腰身也不像生過……別生氣，開玩笑的啦！」

在楊師傅吆喝下，工人們開始動作。連海聲半扠著腰監工，便當來了就叫吳以文去發便當，茶水送來就叫吳以文奉茶，指使男孩毫不手軟。

楊師傅去收容所做過免費義工，也算看過不少身心障礙的孩子。他見吳以文一動起來，俐落的身手就顯露出來，兩手端著飯盒輕鬆避開滿地雜物，實在不像發育遲緩的樣子。

雖然好奇心殺死一隻貓，但楊師傅得空還是去找連海聲探聽。他是生過小孩的過來人，知道身爲家長不可能不想跟人家聊小孩，大美人這麼冷淡只是有難言之隱或悶騷。

果然，楊師傅磨了一陣，成功讓連海聲張開蚌殼似的漂亮唇瓣，向他這個外人傾吐兩句。

「他運氣不好，被親生父母遺棄，又被寄養家庭虐待，本來會笑會唱歌，現在連話也不會說了。」

他們口中的男孩被趕去空房間歇息，連海聲嘴上說礙事，但楊師傅看得出來美人是怕小孩冷著。

「非親非故，你還把他接來照顧，眞正好心腸。」

連海聲聽見這誤會深重的讚許，只是閉了閉眼。

當晚，連海聲躺在嶄新的大臥房裡。他這些年居無定所，終於有個像樣的地方休息。

他看向床下鋪著紅毯的地板，吳以文裹著他不穿的舊大衣，蜷著身子睡在房間角落，怎麼看都覺得可憐。

連海聲在新床上睡不著，下來給男孩蓋毯子，卻不小心驚醒了他。吳以文嚇得蹦起，喉嚨發出不明的吱叫，雙臂抱著腦袋蹲下，反射性地做出挨打的姿態。

他們最初相處的那段日子，連海聲從未打罵過他，只記得那孩子很黏人，喜歡靠在他身上取暖，眼神央著他摸摸他的腦袋瓜。後來他把孩子送了人，重逢之後，那個憨憨然的小孩子不見了，變成現在這副德性。

好一會，吳以文情緒平復下來，意識到自己造成麻煩，低頭攬著舊大衣離開臥房。

連海聲累得半死，不想管他，但踟躕一陣後還是出房找人，最後在廁所間發現男孩蜷曲的身影。

要不是華杏林說男孩有嚴重的情緒障礙，連海聲還以爲他偷偷在哭。

「你要作賤自己，就一輩子睡廁所好了！」

他扭頭就走，回房又後悔爲什麼要說那種刺傷人的話，屢犯不改，惱得無法入睡。

連海聲開始以顧問律師的身分回到熟悉的職場，再次經歷工商大老瞧不起到驚愕的嘴臉，當他報出他厭惡的南洋世家背景，那些老東西就不敢再多說一句。因爲「延世相」也是從那地方出來的傳奇人物，再年輕也不意外。

明明和南洋無關，傳奇的是他自身，社會上被稱作「大老」的人總是腦子不好。

至於店面裝潢的事就交給吳以文負責，反正那小子沒上學沒父母，閒著也是沒事。

楊師傅向他稱讚小朋友把他們繁瑣的進度表背下，仔細追蹤每一個物件的完成度，不像自家只會死讀書的笨兒子，很有做工頭的潛力。連海聲不相信楊師傅，有的人什麼壞的都能說成好事，只是口頭的禮貌，不用放在心上。

就連吳韜光那種一根腸子通到底的無心機肌肉男，嘴巴上說喜歡那孩子，還不是也拋棄了他？

等店員的房間裝潢好，連海聲給吳以文挑了上下鋪式的木板床，還有一張楓木書桌，終於不用再看他可憐兮兮地睡廁所。

吳以文呆站在狹小的員工房，連海聲解釋道：給你吃給你住就該偷笑了，沒法換更大的地方。

言外之意是，除了一處容身之所，不能給他更多的東西。

吳以文沒有回應，好像他待在他身邊，所要的也只有這麼多了。

當夜，寒流來臨，本就濕冷的天氣又急轉直下。連海聲半夜隱隱感到胸痛，清早醒來更是痛得無法呼吸，張口欲嘔。

他致電給楊師傅暫停工事，對方不停地反問他還好嗎？怎麼聲音在喘？他討厭這種被介入生活的關心，抖著雙手掛斷電話。

每次發病的時候，他總是很恨很怨，他的身體原本不是這樣子，要不是那場該死的爆炸重創到他的臟腑，他才不會像是老病的狗在床上發抖流涕。

他抓不住床頭的藥瓶，就要失去意識，突然間，房門一陣巨響，吳以文強行突破進來。連海聲一時間忘了痛，只是望著那扇搖搖欲墜的實木門板。

吳以文親手把他扶坐起身，兩指扳開唇瓣，餵下緩解急症的藥錠。片刻過去，連海聲感覺好過一些，可以順暢呼吸了，但還是頭暈無力。

吳以文拿起電話，電話接通，傳來柔媚的女聲。可惜不論醫生怎麼問話，吳以文只能發出不成字句的單音。連海聲看男孩快把喉嚨榨出血也擠不出話，伸手把話筒討過來。

「華杏林，少囉嗦，我快死了……」

「眞可惜，本來以爲這樣可以刺激小貓咪恢復口語功能，看來壓力無助於療程。海聲，撐著點，我在路上了，你還想聽見他有天能親口叫你『媽媽』對吧？」

「……妳去死。」

等待醫生趕來的同時，吳以文不時挨在他胸口聽心音，連海聲不知爲何，總覺得沒有那麼痛了。

十分鐘後，外頭響起汽車急煞的聲音，華杏林穿著一貫的白袍，提著專業醫療箱和儀器，嘻皮笑臉地出現在床頭。

連海聲會認識這個神經病女醫師，起因是被捲入黑幫的綁架案。華杏林因爲不管高層施壓在媒體公布驗屍報告，被抓來跟他們關在一塊，打算一起滅口。她從以前就是一個特異獨行的女人，被大醫院排擠才去當法醫。

他們本來交情不深，只是逢年過節她會厚著臉皮來蹭飯。他本來以爲她是看上自己或是林和家那個永遠的黃金單身漢，結果這女人竟然跟他說她不喜歡男人，哈哈哈。沒想到他一出事，她一個弱女子也不怕自己跟著被炸，毫不猶豫地把他私藏起來。

華杏林初步診斷後，判斷沒有大礙，可以取消她已經訂好的心導管預約。

「海聲，這台心電儀就送給你當作新居落成的賀禮。」

「謝謝，妳可以滾了。」

「可是我還沒收診金耶！」

「從妳那間醫院股東收益扣。」五年多前，華杏林說要從開死人皮的法醫轉行開活人皮的美容診所，需要籌募資金，他就隨便簽了支票給她，從沒想過這會是他「生前」唯一留存的投資。

「海聲，我們之間談錢就太傷感情了，不如用小寶貝抵吧？」

「什麼？」

華杏林把吳以文抓了就走，吳以文發出驚恐的嗚嗚，連海聲氣極敗壞叫邪惡女魔頭放開他家店員。

明知男孩怕她怕得要命，華杏林卻故意掐他雙頰，又盡情揉亂小店員的軟髮，才依依不捨回去醫院看診。

醫生走後，吳以文還是驚魂未定佇在床尾，連海聲低斥一聲笨蛋。

「杏林雖然整天說要抓你去做實驗，但對你沒有惡意。」

說來那個沒有醫德的女魔頭還是吳以文的救命恩人，對男孩關懷備至，除了她看見他弄得自己倒在血泊之中那次，喃喃說早知道他會活得那麼痛苦就不該救他那條賤命。

連海聲也絕不想再見到一次，好像胸口跟著被捅上一刀一樣。

「抽屜有錢……自己去找吃的……」他把吳以文招呼過來，交代幾句就昏睡過去。

連海聲作了兒時的惡夢：他拉著同樣也是個孩子的她拚命地跑，想逃離那座監牢似的宮城；就當他們以爲逃脫成功，回過頭來，卻仍舊被困在精緻的寶箱中。眾人攙扶著年老的皇帝過來賞玩，老人指了指箱中的她，笑容多麼可親——是個姑娘了，今晚到我房裡來。

「父親，不要！」他驚醒過來，床單都被汗水浸濕。該死，怎麼會想起集變態和噁心爲一體的故鄉？

連海聲捂著臉，試想著某種可能，如果眞是那個地方下的毒手，他一個人怎麼可能贏得了一整個帝國？

這時，吳以文端著陶碗出現在掉了門的房門口，連海聲沒有再想下去。

連海聲接過燉得細爛的米粥，提匙勉強吃進反胃的身體裡，好在食物比他以爲的好吃許多。

「你去買的？」連海聲虛弱地嚼了嚼，總覺得口味有些熟悉。「是你煮的？」

吳以文微微點了頭，感覺有些戰戰兢兢。

「嗯，很好吃。」

他不擅長讚美，講好話就像要他的命，但就是突然想對男孩說些什麼。

經此一事，連海聲輾轉得知，吳以文擅自作主包下裝潢工人的伙食，充當起總舖師。楊師傅說因爲大伙吃得很好，心情愉悅，工程進度大躍進。

楊師傅在電話中繼續他天花亂墜的讚揚：「海聲，你這孩子十八般武藝，很能幹啊！」

「不要直呼我名字，我跟你很熟嗎？」

「可惜呀，要不是有小雞雞，就能帶回家給我們阿和當媳婦了。」楊師傅由衷地感到遺憾。

「去死吧！」

連海聲被有某有子的大肚腩工頭如此調戲一個月半，工程也循序漸進地從後方居家進展到店面。直到兩扇琉璃大門裝上，楊師傅踩著鋁梯在門口掛上避邪用的銅鈴，恭賀新店落成。

「哎喲，美人和小文，我要回去陪兒子過寒假了。」楊師傅作勢抹淚表達不捨，「那個我家就在三條街外，有閒過來玩！」

連海聲冷淡地回：「尾款我明天匯過去。」

他有太多事情要做，沒有楊師傅口中得閒的機會。新居落成之後，他的外務也興旺起來，他在外邊過夜也懶得打電話，反正那小子又不會講話，即使除夕夜也沒有回來。

他偶爾會想起男孩，轉眼就忘記，兩人說到底不過是同住一個屋簷的雇主和員工。

然而，他三更半夜接到電話，醫院說什麼他小孩重傷，情況危急。他氣極敗壞吼回去：那小子哪裡都不敢去，怎麼會受傷！

連海聲在趕去的路上八方探聽，得知吳以文竟然和林家那個矮子二少爺在店裡大打出手，偏偏兩個青少年都是底子深厚的練家子，血氣一衝腦便發狠把對方往死裡揍，差點雙雙陳屍店中。

他接走吳以文的時候，院方一直強調傷患本來傷得很重，卻不到半日就復元大半。

連海聲沒有理會驚異不已的醫護人員，只是拉著吳以文加快腳步離開男孩害怕的醫院。

「你什麼都沒說吧？」連海聲厲聲質問店員，他現階段還不能和林家碰上，否則這些日子的心血都會毀於一旦。「好在林家那個沒有死，不然你幾條賤命都不夠賠！」

他氣得甩開男孩的手，棄之不顧，逕自大步回到久違的新屋。

連海聲沒有進門，只是呆站在店門口，看著琉璃門板碎了一地，碎片沾滿凝固的血跡。他探視過林家二少爺的傷勢，林律行是傷到手腳筋骨，沒有明顯的皮肉傷，所以這些血該是另一個人。

連海聲這才回頭尋找店員，看吳以文在街角另一頭踉蹌地拖著腳步走來。

好不容易回到店裡，吳以文垂著蒼白的臉，照規矩躬身向店長行禮，依本分拿掃具打掃這團亂。連海聲一句話也沒說，只是入內洗漱休息，當作什麼也沒發生過。

華杏林知情後，嚴厲地責備他把一個不懂人情世故連話也說不好的重症患者扔著，讓小朋友活活被欺負又罵他活該。

連海聲叫女醫師閉嘴，關她屁事。但經此一事，他再也不敢離開太久，三天兩頭就會回到尚待進貨的古董店照看一二。

連海聲每次回來不知道是湊巧還是什麼，不管清晨還是大半夜，店員總在門口等他，怎麼罵都不聽。他很懷疑自己不在的時候，吳以文都是睡在前店的地上。

員工不應該做到這個地步，可是任連海聲說破唇舌，吳以文還是不明白。好比他在外經過商場總想買點小玩意給男孩塡充他貧乏的房間，但想想這種行爲超出雇主的義務，只會給人不必要的期望，還是把手中的布偶放下。

連海聲最後空著雙手回來，還沒到轉角，吳以文就蹦地冒出頭，大膽地拉住他西裝衣角直往店裡走去。

銅鈴清響，連海聲進門後外套都來不及脫，對店員的行徑摸不著頭緒，煞住腳步叫暫停。

「到底怎麼了？」

吳以文抬頭看著店長，張開唇，開闔數次，終於發出一絲細音：「貓貓……」

連海聲神色不變，好像一點都不驚訝吳以文成功開口。華杏林說過，他無法說話是心疾導致，只要男孩能恢復口語能力，等同原本深陷泥沼的人已經爬上岸了，是康復與否的關鍵指標。

「貓貓……生病……」吳以文指著櫃台旁一只小紙箱，連海聲往紙箱看去，有隻毛色雜駁的虎斑貓倒在箱中，腹部上下起伏，奄奄一息。

連海聲蹲下身，伸手把貓抱起，感覺都是骨頭。那隻貓睜開碧綠的眼，像是瞪人似地瞥過他，又閉上眼殘喘。

他大略檢視過，皮毛很乾淨，沒有明顯的傷處和病癥，應該是營養不良。他對動物無感，但那女人卻是同情心氾濫，三不五時帶著小毛球回來把他的豪宅當中繼之家，他就照著過去她照顧流浪動物的法子因應。

「你去準備毛巾和暖水袋過來，把肉切碎煮爛弄給牠吃，小心不要被牠咬到、抓傷。」

吳以文聽令照做，仔細餵食好虛弱的貓咪，輕手把牠放回布置過後的紙箱。

連海聲全程在一旁看著，感覺得出來店員第一次照顧小動物，非常緊張。

「好了，讓牠休息，不要驚動牠。」

吳以文蹲在紙箱邊，眼珠子瞪得老大，很擔心貓咪死掉的樣子。

「貓咪不會有事的。」他摸了摸男孩的軟毛安撫。

吳以文怔怔看著他，連海聲也不知道拿反射性伸出的手怎麼辦。

「老闆……」吳以文僵硬地喚道。

「嗯？」

吳以文向連海聲低身行禮，艱難地咬字出聲：「老、闆，歡迎、回來。」

因爲撿到貓咪，店員忘了要先迎接店長，這件事在他心中重要非常，所以必須愼重地補做一遍。

連海聲本以爲男孩在他身邊是無處可去，理所當然，但當吳以文重新揀拾表達的字句，雖然生澀而笨拙，詞不達心意的一成，卻讓連海聲感到某種重量沉甸甸地托在他胸口。

就算他傷害他那麼深，還是喜歡著他這個沒心沒肺的爛人，就像那女人一樣痴傻，執迷不悟。

「笨蛋，我回來了。」

事過境遷，小店開張後，客人來來去去，包括林家也打著尋人的名義找上門來，被他戰得灰頭土臉。即使如此，他的心情也沒有比較輕鬆，不知道是報的仇不夠多還是明白到報了仇也不會讓自己心裡好過。

五年了，他有時仍會因爲夢中「轟隆」的爆炸聲而驚醒過來，再也無法入睡。他很想去回憶在那場惡夢以前不是血肉模糊的她，卻怎麼也想不起來。

連海聲拉開床燈，燈下的白木相框有女子殘存的倩影，他卻不由得迴避她的視線。他撫著抽痛的胸口，這種痛藥石罔效，以爲又要折磨整整一夜。就在這時，門板傳來摩擦的細音。

連海聲臉皮一抽，就算他看不見也能想像出吳以文用肩膀和腦袋蹭門的樣子，大概是發現他房間亮了，想要進房跟他一起睡，又不敢太放肆。

連海聲赤足下床，打開房門卻不見人影，只有店員從角落偷偷探出的腦袋瓜。

「有手不會敲門嗎？你是貓嗎？」

連海聲闔上門板，卻沒有關緊，露出一條縫隙。沒多久，吳以文就躡手躡腳地從門縫鑽進店長大人的臥房，自備小毛毯和咪咪一隻。

因爲今天店員沒有很乖，說了蠢話忤逆店長，所以不能跟店長一起睡床，只能睡地板。不過吳以文還是滿足地在床尾左角鋪好小毯子，抱著貓咪布偶就定位睡覺。

「老闆晚安。」

連海聲沒有理他，等男孩發出酣眠的小呼嚕，才赤足下床給他蓋上預留給他的薄被。

「老闆……」吳以文在夢中恬然地喚道。

連海聲輕手擰了笨蛋一記，回到大床躺下。拉燈前，他定睛看了一眼床頭櫃的相框，女子對他微笑著，一如他們最美好的當年。

「眞受不了妳，養就養吧。」

〈非關男孩〉完

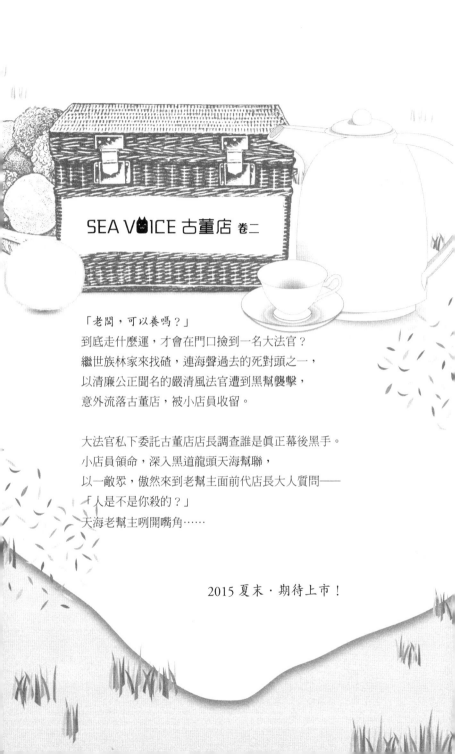

國家圖書館出版品預行編目資料

Sea voice 古董店1 / 林綠 著.
——初版. ——台北市：魔豆文化出版：蓋亞文化發行，2015.07
冊； 公分.（Fresh；FS088）
ISBN 978-986-5987-67-1
857.7 104008321

fresh FS088

SEA VOICE 古董店 卷一

作者 / 林綠
插畫 / MO子　　封面設計 / 克里斯
出版社 / 魔豆文化有限公司
地址◎ 台北市103承德路二段75巷35號1樓
電話◎（02）25585438　傳眞◎（02）25585439
部落格◎ gaeabooks.pixnet.net/blog
臉書◎ www.facebook.com/Gaeabooks
電子信箱◎ gaea@gaeabooks.com.tw
投稿信箱◎ editor@gaeabooks.com.tw
郵撥帳號◎ 19769541　戶名：蓋亞文化有限公司
發行 / 蓋亞文化有限公司
法律顧問 / 宇達經貿法律事務所
總經銷 / 聯合發行股份有限公司
地址◎ 新北市新店區寶橋路二三五巷六弄六號二樓
電話◎（02）29178022　傳眞◎（02）29156275
港澳地區 / 一代匯集
地址◎ 九龍旺角塘尾道64號龍駒企業大廈10樓B&D室
電話◎（852）2783-8102　傳眞◎（852）2396-0050
初版二刷 / 2023年3月
定價 / 新台幣 199 元
Printed in Taiwan

ISBN / 978-986-5987-67-1

魔豆

魔豆